Schwädsch du no oder sprichst du schon?

s'Beschd ond Neus

Hanns-Otto Oechsle
Oberstenfeld 2016

Alle Rechte beim Autor.
© 2016 Hanns-Otto Oechsle, 71720 Oberstenfeld
Satz:
Hanns-Otto Oechsle, Oberstenfeld
Layout:
Typographie-Studio E. Kircher, 71717 Beilstein
Zeichnungen und Fotos:
Hanns-Otto Oechsle, Oberstenfeld

Herstellung und Verlag:
BoD - Books on Demand, Norderstedt
ISBN: 978-3-7-4311-719-8
Printed in Germany

Schwädsch du no oder sprichst du schon?

s`Beschd ond Neus

Ein humorvoller Gang durch
ein Schwabenleben

von

Hanns-Otto Oechsle
Oberstenfeld 2016

Wer sich in unsere Heimat „umhört" bemerkt, wie schnell unsere Mundart untergeht.
Schwädsch du no oder sprichst du schon?
Was isch a Schwoab ohne sei Schwäbisch?

Neue humorvolle Geschichten und Gedichte *ond s`Beschd,* vom Autor ausgesucht enthält dieser neue Sammelband. Wie in seinem aktuellen Vortrag, wurden die Artikel an Hanns Oechsles „Lebensspur" aufgereiht:
– Babyzeit, geboren in Stuttgart
– Kinderzeit im Remstal
– Schulzeit in Cannstatt
– Lehrerzeit in Spielberg und Ochsenbach
   Oechsle gherd nach Ochsabach
– Lehrerzeit in Oberstenfeld
   Schualmoischder mit Übung als Vaddr
– Opazeit, Maler, Autor, . . . fenf Enkl,
   schreiba, moala ond macha was widsch

Heute, mit 72 Jahren immer noch im aktiven Ruhestand, ist er der Meinung:
Bloß mid schwäbischem Humor kommsch o`bschaded durch a sodds Leba!

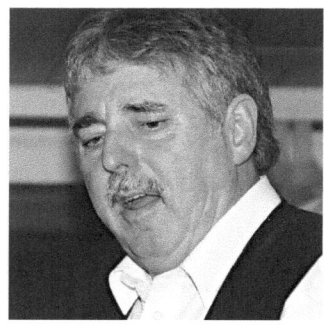

Wer ihn kennt, *ond des send ed wenich,* gibt ihm recht.

Inhalt

Meine Lebensstationen:

Cannstadt   Seite   7

Geradstetten   Seite   13

Cannstadt   Seite   23

Ochsenbach   Seite   41

Oberstenfeld   Seite   53

Cannstadt, Stadtkirche am Marktplatz

I hans guad droffa

Überall, woni en meim Läba längr dohoim war,
wachsd a guads Vierdele, en Cannstatt, en Geradstetten,
en Spielberg ond en Oberstenfeld, ieberal!
Sell sei joa au beim meim Nama koi Wondr,
saged meine Freind.

Oechsle ond Wei

Bei dem Nama, des fälld mor ei,
kommsch audomadisch uff dor Wei.
Ob Trollenger, Riesleng odr en andrer Dropfa,
du muasch dr gar dei Maul vorschdopfa
oder mid gschlossene Auga
durch d'Landschafd laufa,
weldsch koi Schlüggle drenga.
Du muasch joa ned saufa!
Muasch schlürfa, rieacha,
gemüadlich probieara
ond dor midma Zwieblkuacha
die Gurgl schmieara
odr en guadr Salzkuacha,
der däds au.
Übrigens:
Wer Wei saufa muaß,
der solls lau!

Hoimed oder Heimat

Bloß wer vor Weihnachda en dor alda Cannstatter Markdschdroaß sei Noas em Schaufenster vom Glaser bladddruggd hoad, wos Eiseboahna ond ancers Spielzeig ghed hoad,
wer a laua Sommernachd em Kurpark mid ma scheena Mädle erlebd hoad,
wems em kalda Wasser vom Leuze gfälld ond ...
wer onser Sauerwasser wiea Sprudl drenga koa ...
ond niea ned moind, dassr von Bad Cannstatt schdamma duad,
dr sell isch a Cannstatter.

p.s. Wussten sie, dass Cannstatt erst *ond ausgrechned 1936* das Prädikat „Bad" bekommen hat, als es längst keine Bäderstadt mehr war (ond von wem ?).
Deshalb ischs für mi für emmr bloß „Cannstatt".

S´Kunsthöfle
Ursprung meiner Malerei

Auf meinem Heimweg vom Daimler-Gymnasium kam ich oft über den Wilhelmsplatz. Von der Marktstraße zum Wilhelmsplatz war beim schnellen Wiederaufbau nach dem Krieg eine kleine Passage entstanden. Dort gab es eine erste „Spielhölle" mit Tischfußball, an dem wir Schüler ganze Meisterschaften austrugen. Es gab aber auch einen kleinen Innenhof.
Dort im Kunsthöfle stellte der Canstatter Maler Hermann Metzger seine neuesten Bilder aus. Motive vom Neckar und aus der Stadt. Ich schaute sie an und wünschte, einmal im Leben so malen zu können. Natürlich malte ich auch einige Bilder nach, kopierte Cezanne und Picasso und begann zu malen.
Leider ist Metzger heute vergessen, er entsprach nicht dem Trend der Zeit. Ein Freund hat die letzten Bilder gerettet. Ob eines meiner Bilder Bestand hat?
Die Hoffnung bleibt.

Auch unser Markt ist eine Erinnerung an die alte Stadt, nördlichste Stadt der Schwaben.
Ein Gedicht über eine uralte Stadt, die durch eine königlich Unterschrift plötzlich verschwand:

Oh, mei lieabs Cannstatt!

Alda Stadt aus Römerzeit,
wohlbekannt bis heid!
Dass vom Neggr du bisch geschützd
hoad dir schließlich wenich gnützd.
Als doamoals en dem Studagarda
d`Füx uff d`Hase dean no warda
ond diea Reh drenged ausem Näsabach
häld mor bei ons längschd scho Wach
uff de Maura ond de Türm,
die hen ghalda älle Stürm.
Erschd als dor Könich hoad hald gmeind
Schduagerd wär größer, wenns vereind
mid der alda Cannaschadt wär,
fiel das Ende wirklich schwer
Wer kennt heid no die alda Gschichd?
Diea Jonge sicher nicht!
Ond au der weißrode VfB
isch nix meh.
Die ald Stadt soll lang no leba.
Druff welled mir diea Gläser heba,
mid Zuggerle, dem Cannstatter Wei.
Schenk dir den hald ei!
Des isch koi Freid, häb mei Opa, gsaid, dass heid onsere alde, ehrwürdiche Stadt von dene großkopfede Schduagerder oifach gschluggd wird. Älder war Cannstatt ond viel größer au.

So isch des neue Stuttgart durch die Zwangseingemeindung von Cannstatt plötzlich sieben mal so groß gwä als dovor. En guader Schlugg!

granadamäßich schee
1943–44

Ich habe das Gefühl, dass mir schon *em zarda Aldr* von drei Monaten der germanische Militarismus ausgetrieben wurde. Statt der Ruhe, die ein Baby dringend in der Lebensphase benötigt, unterbrachen Bomben und Granaten meinen Schlaf. Im Winter 1943 auf 44 hatte unser Gröfaz aus Österreich zum Endkampf der Germanen aufgerufen und die Welt antwortete mit Bomben.

Damals sangen die Kinder:
Maikäfer flieg, dein Babba isch em Krieg,
d`Mamma war em Pommernland,
s`Pommernland isch abgebrannd.
Maikäfer flieg!

Mein Vater war auch nicht da, der musste seine kleine Familie in Russland verteidigen, was ihm schwer fiel. ...*Dofir hen mi, des feindlich Babi, ausgrechned Franzosa,* Zwangsarbeiter, *en Keller na draga, damid dem Bua nix bassierd.* Sie selbst durften als wertlose Gefangene bei Bombenalarm nicht in den Schutzkeller. Kann es sein, dass ich dabei meine Liebe zu Frankreich entwickelte? Dafür schaute mein Onkel Wilhelm jede Nacht vom Weinbergweg in Geradstetten das brennende Schduagerd an. Er war beim Daimler (uk), musste nicht einrücken und beschloss, *eigahädich* meine Mutter und das Baby, mich, aus dem brennenden *Schlamassl* zu retten. *Wenn dr Oddo außem Krieag kommd ond eich isch was bassierd, sechdr: Worom hoasch dia nen hoim nach Gradschdeda ghold?*

Geradstetten, am Ruafaberg

Geradstetten im Remstal
1944-50

So ben i uffem Schoß vom Ongl uffgwachd, han gmergd, wos warm herkommd, weil der mi midden beschda Essa gschdopfd hoad, grad wiea a Goas. Älles war schee, bloß *meine Bäsla hoads ned so gfalla, weil i ihrn Blatz uff seim Schoß eignomma han.* Wie sagten sie später: Sie hätten sich ja über *a Vedderle gfreid, aber en soddena wiea di, hemmr ned wella.* Ich denke, *i han ehn lang als mein Babbe agseha, bis dor reachd gsond hoimkomma isch ond i gsagd häb: Gang weg schwarzer Mann, du ned mei Babbe, Ongele isch mei Babbe.* Dabei hat er nur mit viel Glück und Bewahrung den Krieg überstanden. Ich übrigens auch.

S`Baby

Was isch des fir a wenzichs Kend
mid seinem ronda Gsichd!
aus dem wird moal a Schwoab am End,
doch jedzd, doa merksch des nichd.
A jeder guggd en Waga nei
ond lachd, duad middem schwätza
ond zwiggds end digga Bagga nei,
des duad es gar ed schätza.
No sechd dor Neiguggr:
Wo isch denn bloß mei Butzale,
mei Klois, mei Deideidei.
No denkds Babi:
I liegd doch romm! Siehsch du des ned?
so domm koasch gar ned sei!
Mor merkd, dass so a Schwoabakend
isch oiga scho gebora.
Hoad angsch vor sodde bääbiche Händ
ond fühld sich so vorlora
ond machd deswega glei a Gschrei.
Vorgessa isch des Dei-dei-dei!

Mama, I ond's Kendrwägele

Vordoil vomma Familieakendrwaga

Was des isch?
Ha, äba so en alder weißer Korbkendrwaga mid vorchromde Schutzblechla,
der scho honderd moal omghageld isch, mid vorbogenam Fahrwerk

Wäre der Kinderwagen neu ond ned a uralter Familieakendrwaga von dr dridda Behna gwä, noa…
I vorzähls eich:
Mei Bäsla hen mi dormid ausgführd ond des ald Wägale uff a Biggele nuff gschuggd ond emmr widdr ralaufa lassa. Was mir so gfalla häb, weils so hobbld. No häb se s'oine moal hald z'arg gschuggd ond 'sell ald hädschich Kendrwägele, sei z'erschd iebr d'Kubba ond noa mid Karacho dr Wengerdsweg na gsaud. Eigentlich geht der geteerte Weg von dort mehrere hundert Meter ins Dorf hinunter *ond mi häds, wärs ned so a schieachs Wägale gwä, oweid vom Remsdalrebell Palmer seim Häusle uff d'Mauer bäbbd.* Doch der Kinderwagen lief eben nicht gerade, *ned bolzgrad dr Buggla nondr. Noi der hoad, wiea älles em Dal en leichda Rechdsdrall ghed ond isch noach fuffzich Meder en d'Wengerd nei gsaud. Diea Drauba send uff mi na ghagld ond seiddem moag i Wei.*

I ond mei Wei
Wer Oechsle hoißd muaß Wein schätza!

Oabends hogg i mi gern noa,
damid i a bissle gruaga koa.
A guads Veschbr, a Glas Wei,
des muaß sei!
En Rieling ausem Kellr frisch
stoahd, wenns hoiß isch, uffem Disch.
En Trollengr en kalde Dage
koa em Schwoab au niea ned schada.

Ond isch mei Maga endlich still,
hol i Papier, weil i etzt will,
so a klois Gedicht verfassa,
des koa i joa gar ned lassa
ond beima guada Wei
fälld mir schnell was ei!

Isch des ferdich ond au greimd,
wird em Schwoabahemml dräumd.
Z`frieda, weil des Dagwerk gmachd
leg i mi noa.
A guada Nachd!

Wein galt bei den *bhäben* Schwaben als wertvolles Gut
nach dem Motto:
Dor Wei, den koasch vorkaufa.
Den Mooschd duasch selbr saufa.

Wer die Verwandtschaft uffem Hof *werdichs* besucht hat,
was *wegam Schafficha* fast nicht möglich war,
dia selle wared niea ned dohoim, der bekam ein Glas
Most, das alle zum *Veschbr* tranken, manche ältere Onkel
gern etwas zu viel. So kam es nach dem *dridda Krieagle*
zu sehr unterschiedlichen Ansichten der Ehepartner:

Vom Mooschd!
oder
Wer hoad den erfonda?

Dor Mooschd, der muaß vom Deifl sei,
sechd Marie zu ihrm Alda.
Doch der schenkd Glas om Glas sich ei
ond lässd sich gar ned halda.
Der drengd ond drengd ond des ned schlechd
ond koa bald bloß no lalla
ond denkd, dui Ald hoad gar ned rechd,
des geid doch bloß en Balla.
Dorbei vorgissd mor d`Sorg am End.
I glaub, des missed Engel sei,
diea so was guads erfonda hend.
En den Streit misch i mi ei,
vergiss doch den Mooschd
ond drenk oifach Wei!

Mir send hald bhäb
Wer meint, das wäre geizig, der liegt falsch.

S´Bhäbe hat seine Ursache in der Armut unserer Vorfahren, die mit viel Kindern gesegnet, bhäb haushalten mussten, um über die Runden zu kommen. Noa nix vorkomma lassa, vorgeuda odr gar vorbutza. Geh bhäb, d. h. „nachhaldig" mit dem um, das du hast, noa hoasch lang droa!
So liegt unsere Liebe zum Most machen auch am *Bhäba*.

Dr Mooschd ond sei Wirkung
Mir kenned nix vorkomma lassa
dean deswäga Epfl zuasamma fassa.
Diea guade en Keller, die gfallne wern bressd.
Des gibd en Mooschd, fir manches Feschd.
Der Rausch isch billich fir Moa ond Frau.
Drei Däg duasch flach liega,
so isch`r nachhaldich au.

So ein richtiges Kindergetränk gab es nie.
Was drengd denn dei Buale?, wurde mein Vater gefragt und ich antwortete: *A Cola!*
Der Onkel sah mich ganz verwundert an und meinte:
So a amerikanischs Zeig hemmir ned. Otto, isch der ned scho drei?
Das bestätigte mein Vater. Da sagte der *Wengerder*:
Noa wirdr au so a ganz denns Vierdele vordraga. Moinsch ned? Woisch onser Bronnawassr isch ned ganz koscher, deshalb dean mir des niea pur drenga. A bissle Wei odr Mooschd haud die Bagderia dod.
So wurde ich schon als Kind mit Wein großgezogen.
Hoads mor gschadea?

Natürlich gabs zum Feschda Wei. So bhäb semmir ned!
Mein Favorit für Feste:

Onser Riesleng

So a droggener Riesleng, des isch mei Wei.
Hogg de hald noa ond schenk dorn ei.
Faschd weiß muaß der sei ond a bissle kald,
noa wird des Fläschle niea ned ald.
Noa riech i ond schlürf mei Gläsle aus
bis en dr Flasch guggd dor Boda raus.
Des häld mi jong
ond geid mir Schwong
zom Schreiba ond zom Dichda
däd i niea druff vorzichda.
Ond schbritzich em Schorle,
ihr lieabe Leid.
Wer den ned moag,
der isch ned gscheid!
Prost!

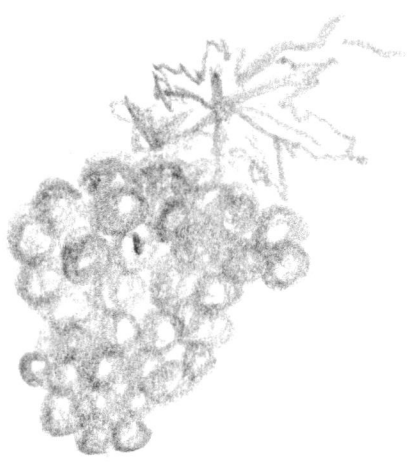

Lacha isch rechd, auslacha schlecht!

Au bei os werded Kender gern präsentiert, d. h. sie müssen etwas „aufsaga" und die Eltern lassen sich gerne mitfeiern, wenns klappa duad.
Zum Abschluss des Kindergartens sang die Gruppe „die fleißigen Handwerker". *I woiß no wiea heid, dass i dr Schuaschdr war. I war zemlich uffgregd ond ben bloß a bisslea hänga blieba. Do hoad dui bled Scheifeles Berthe, dui, wo faschd gar koin To rausgrieaga duad, mi ausglachd. I han druff mei Zong rausgschdreggd ond gar nix me gsaid, koi sterbends Wördle meh. Diea solled sich merga, dass i mi ned auslacha lass. Älle hen guggd, weil des ganze Theaterschdüggle ens Stogga komma isch. Ond mei Muadr hoad sich so geniérd. Doamols han i ned gwissd, dass des für mei Leid a Schand isch, wenn se so en vorschdoggda Kerle hend.*
Dabei gingen viele nur wegen der amerikanischen Schulspeisung in den Kindergarten. *A dicka Supp ond a klois Schokladdäfele zog ons alle an, wie a Lichd diea Modda.*
So ausghored wared mir doamoals, dass mir sogar d`Hasa onsre Spielkamerada sonndichs als Broada gässa hend. Doamoals hend mir scho beim Schneidr gwohnd am Buggl en Richdung Hebsack. Der Buggl war pfläschderd ond des hoad ehn em Wendr zura rechda Rudschboah gmacht. Mir sitzed beim Früahstück ond s`krachd.
War ned a amerikanischer Laschdr em Fesabeck sei Haus nei gfahra, dass mor selle Noachber ohne Wand beim Frühstück hoad zuawenka kenna. Äbbes kommt Militärpolizei mit lauder Sirena, rechned ned mid dem Rutscha ond koa grad no en Hof nei lenka, voll uffem Fesabecks schee uffgschichdada Holzbeig. Des hoad Ärger gä ond diea kloine Soldada hend älles wieder beiga missa.

Viel zu dürr

Die Kindergartenzeit *em Schüale* wurde von einer gründlichen Untersuchung durch den alten Dr. Rieger in Geradstetten beendet, der meinte:
Des Buale isch viel zu schlank, viel zu dürr, wenn der en dr Schual a Kranged griega duad, ond doa gean äwwl welche romm, noa ischr glei en Gefahr. Den schigged mir en Erholung!
Heute schaue ich an mir hinunter und kann das nicht fassen. Wo heute mein Bauch sich nach außen wölbt, *muaß doamoals a Della nach enna gwä sei.*
Ond wo kommed so dirre Kerle en Erholung noa?
Das wissen sie nicht?
I scho!
Diea selle kommed noach Bad Dirrheim! Des sechd doch scho dr Nama.
Ein schlimmes Erlebnis:
I sag bloß ois: Alloi ohne me Mamma ond au no äll Däg Tomadareis, des isch au a gregelds Leba ond wemmr den greana Salad glei oba druff lega duad, noa koasch a Dellerle schbara. Oin Noachdeil hoad des, gugg moal was aus dem frischa Salad wird, wennr fenf Minuda uff dem hoißa Reis liega duad:
Der wird wenicher ond wenicher, senkd en sich zamma ond aus dem Salad wird Spinad. Ond den moag i au ned! Wiea i so zwanzich Joahr später gheierd han, froagd mi mei Renade, mei Frau, was i gern essa däd ond was ned, en der Phase wird mor no gfroagd, gell, ond i sag glei: Wenn Tomadareis mid Spinad kocha duasch, noa isch des a Adrag uff Scheidung, sag i. So noachhaldig war dui Erholung!
Iebrigens, dicker ben i kaum worda, was i midgnomma han, war Fuaßpilz, von dene Holzreschd vor dene alde Holzzuber.

Alt-Cannstadt, Marktstraße

Wiedr en dr Stadt
Von de Remsdalwiesa en a Ruinastroaß

Noch in der ersten Klasse war der Wiederaufbau des Familienhauses in Cannstatt fertig und wir zogen in den Veielbrunnenweg zurück.
Ade ihr Remsdalwiesa, Freind ond Vorwandtschaft. Erst als mir neie Schualkameraden zoigd hen, wie gut mor en sodde Ruina spiela koa, war mei Hoimweh nachm Remsdal besser.
Ich bekam eine strenge Lehrerin *ond mei erschda Datz*. Mit geschwollener Hand kam ich heim und da meiner Mutter nie etwas entging, kam gleich die Frage:
Woher hoasch du dui Datz, Buale?
Vom bleda Freila Fechd, meiner neia Leherere.
Ein *Klapps* auf den Mund war die Folge. Zum Glück lachte Mutter dabei: *Halba letz!*
So was sechd mor ned ieber sei Lehrere, dass des woisch!
Des koasch denka! Aber niea ned saga! Da meint sie noch: *Oh, i glaub i han die als Schualmädle en Feierbach au ghed! Schlechd dui emmr no so zua?* Damals hätten die Jungs von ihr *Hosaschbanneds middem Rüadle* und die Mädchen, *au siea, a Datz krieagd*.
So gewöhnte ich mir an, kleinere Schulprobleme nie zu Hause zu melden, denn auch mein Vater neigte zu der Meinung:
Der Schualbombes wird scho sein Grond ghed han, dir Hosaspanneds z`gäbba! Du muasch lerna au mid Blede klar z`komma!

Ond azoga wared mir, des glaubsch gar ned!
Buaba mid Leibla ond Straps

Natürlich wollte eine junge schwäbische Frau ihrem frischen Ehemann gefallen, daher kam es bei der Heirat oft zu der Frage:
Sie: *Eigendlich fend i Stropfhosa praktisch. Oder mechsch du lieaber, dass i Straps azieaga soll?*
I: *Om Goddeswilla, noi. Straps send bei mir negativ besetzt!*
Den jüngeren Zuhörern muss ich das erklären, denn sie wissen nicht, dass auch Buben, fast bis zur Konfirmation kurze Hosen tragen mussten *ond em Wendr an de Füäß lange Strempf.* Damit die nicht rutschten, waren wir *mid ama Leible ausgschadded.*
An dem wared onda achd Bendl droa, emmer paarweiß mid oim Gomminippel ond oinera Lascha vorseha Zwischa Nippl ond Lascha hoasch den beige Bleylesstrompf neiklemmd ond so bisch uffd Weld losglassa worda.
Gerne würde ich mal einen Fünftklässler damit in die Umkleidekabine schicken.
I glaub, meinte ein Freund, Sportlehrer, *dui Stond wär gschdorba, weil diea älle sich halb dodlacha däded.*
Lachen und Körperspannung wären unvereinbar.
Wie bewunderte ich meinen Schulkameraden, den Rudi, der die ersten Jeans *em Schdräßle* getragen hat.
Allerdings war sein Vater gefallen und die Mutter hatte einen amerikanischen Freund, daher… *Des war ned selda, weil dr ganz Wasa voll mid Amerikaner war, diea hend Essa en Menge ond au Zigaredda,* die Währung des Schwarzmarktes, *ghed.*

Dongle Schwoaba

Nicht alle *Stadtmädla* waren dieser Versuchung gewachsen. Auch weil viele junge Männer gefallen waren. Erst Monate später sah man die Auswirkung und es hieß:
*Mir hend nix gega Neger (Farbige),
siea missed bloß von Goisburg sei!*
Fast alle waren tolle Kumpel, prima Sportler und sie konnten perfekt schwäbisch.

Gschdopfde Schdrempf

Mid heniche Schdrempf ond bluadiche Kniea ben i ofd scho am fenfe hoim, damid des ned mei Vaddr midkrieaga duad.
Nervend war so ein Sonntagsausflug zu Verwandten oder Bekannten *uff Schduagerd*.
Vater: *Ois isch klar, Hilde, mid dene wüaschde gschdopfde Schdrempf koa der ned mid zur Dande. Dui moind joa, mir wäred vorarmd!*
Also gab es aus dem großen Schlafzimmerschrank, oben links, ein neues Paar, mit einem Nachteil.
Mutter: *Jetzed wird ned gsaud, Hanns. Du hebsch ons feschd, bis mir doa send. Sorschd send die neie Strempf schon vorher wieder he!*
Das gefiel mir aber gar nicht. Zum Glück trafen meine Eltern im Rosensteinpark unter dem Schloss auf Freunde, die natürlich auch Kinder dabei hatten.

Fange

Was diea sich emmr zu vorzähla hend?
fragte die kleine Marianne.
Komm mir mached solang Fange!
Henderd Bisch ond rond omd Leid
da hemmir a bissle Zeid
bis diea middem Babbla ferdich send.
Des freid doch a jedes Kend.
Wo dui wieder ahne isch
a Mädle flenk grad wiea a Fisch.
Domma lachd se,
streggd Zonga raus,
sui kommd mir glei wieder aus.
Endlich, denk i, hoasch se glei,
sui ropfd a bissle ond isch frei.
Sch brengd behend von Stei zu Stei,
dass diea ned fängsch, des därf ned sei.
Hoasch die neie Strempf vorgessa?
Wärsch doch vorsichdicher gwesa.

Stoad am Dreppela! Endlich! Juha!
I hagl noa ond d`Strempf send he!

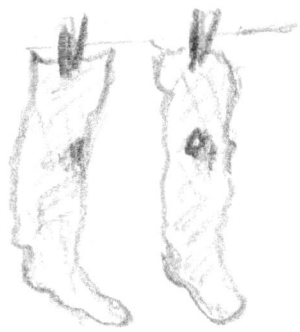

Dr Schwoab ond d`Fasned

Da in Cannstatt die Fasned ziemlich ausgiebig gefeiert wird, nun einiges dazu.

In meiner Kindheit gab es nur eine vom schwäbischen Pietismus eingeschänkte *Fasned*.
Mir Kendr send midra Käbselesbischdol ond ma Cowboyhuad rommgsaud ond hend rommgschossa, bis Muddr ons diea Käbsala weggnomma hoad ond gsagd: I han des Krieagerles lang gnuag ghed, mir isch des z`laud. Noa hemmir hald bumm-bumm grufa ond so gega onsre Feind, diea Indianer von Goisburg kämpfd.
Zum Mittagessen gab es *Fasnedsküachla, des send:*
Meine Enkelkender saged: Berliner ohne nix drenn.
Dazu gab es Omas Apfelbrei, *von selle fauliche Epfl, diea wo wegmissa hen.* Da bot sich die Zeit im Februar an, *doa send ihr diea alde Epfl,* so Oma, *prakdisch ondr dr Hand gfauld.*
Außer uns Kinder verkleidete sich von meiner Familie niemand. Mein Vater meinte: *I bens ganz Joahr ieber narred, worom soll i des bloß an dor Fasned zoiga?*
Am Abend kamen die ersten Fernsehsendungen vom Mainzer Karneval *ond d`Oma hoad zom erschda moal Leud schonkla gsäh: Was dean denn diea doa?*
Diea danzed ohne uffzuschdeaha, erklärte meine Mutter.
Doa lachd d`Oma: Noa ko oim au neamerd uffd Füaß dabba. Aber was machsch, wenn der näba dir so a Schwitzer isch?
Oma sah alles von der praktischen Seite an.
Woisch Oma, diea dean jetzd älle sich vorsendicha, am Middwoch beichda ond wochalang nix gscheids meh essa.

Doa bleib i protestantisch ond faschd bloß am freidichs,
meinte mein Vater. Ond s`Freila Häberle vom Paterr häb
vorsprocha, sui däd etzed bis Oschdera koi Schliggle Wein
meh drenga. Dorbei woiß i, dass dui sell koin Wein ned
mega duad.
I faschd mid Ābiearabrei, lachte Vater, den aß er nie.

Heute muss jeder mit machen sonst...

Fasned

Mensch lach doch au moal gschwend!
An Fasned lachd doch jedes Kend!
D`Fraua, d`Kender, au en alder Moa
fanged uff Komando z´lacha oa.
Wer d`Lella rahengd isch ned in,
nur laudes Lacha brengd Gewinn.

Goahsch uffd Schdroaß, oh liebr Moa,
fälld die glei so a Närrin oa:
Packd de bei de Händ
ond omschlengd dein Kraga,
noa brüllsch au norro,
du koasch doch ned saga,
dass ned gern schonkelsch mid so ma Weib.
Du kennsch schenera Zeidvordreib!

Humor ond Lacha fälld mir ei,
koa ned bloß a bar Däg lang sei.

En Sagg ond Asche
Am Aschermittwoch

Diea oine send draurig, weil älles vorbei,
diea andre jubled: Aus mid der Narretei!
Wer was hoad vorbosged, muaß heud glei büaßa,
des dean diea Prieschdr freidich begrüaßa.

Mir hend dorhoim niea nix O`rechds gmachd,
Äplbrei ond Küachle, des war Fasenachd.
Irgendwiea koa i uff Komando ned lacha
ond am Aschermiddwoch
a draurichs Gsicht noa macha.

Mir Schwoaba lached,
wenns ons dornoach isch
oder hänged Lella ra,
wiea en aldr Fisch.
I aber woiß,
dass dr Humor mi häld mondr
ond gang zom Lacha
niea en Kellr nondr.

Stuttgart ist garantiert die Großstadt mit den meisten Treppen. Diea Stäffela verbinden die Schleifen der Straßen und junge „*Schdäffelesrutscher*" sind soft schneller als Autos… bergab.

Onsre Stäffala

Stäffala nuff, Stäffala na,
schdeigsch ned nuff,
fliegsch ned ra!
Machsch dei Däbberla a bissle z´groß
flieagsch glei noa ond bluaded Noas.
D´ Muader schempfd:
Komm, gang mor weg!
Flieagsch middem Sonndichsschdaad en Dregg!
Ond d`Schdrempf send au scho wieder he.
Wiea solled mor doa zum Dede geh?

Noa heilsch a bissle Rotz ond Wassr
ond Mammes Kloid wird au scho nassr:
I han me hald scho so arg gfreid,
weils bei dr Dode Kuacha geid.

Noa duad hald d`Muadr ens Düachle schbugga,
butzd dor d`Noas, duad ganz lieab gugga:
Noa zieaged mir diea Strempf hald aus.
Bald steha mir vor dor Dodes Haus.
Uff oimoal war dann älles rechd,
denn Dodes Kuacha warn ned schlechd,
Diea Flegga uff dor Hos bleibed ned alloi,
denn nach dem Kuacha wareds zwei.
Stäffala nuff, Stäffala na.
Steigsch ned nuff, fliegsch ned ra!

Ond Sonndichs ens Remsdal

Bloß wemmr zammahäld koa mor viel erreicha. Der großelterliche Bauernhof blieb so für alle als Heimat erhalten. Dorthin kam man aus dr Weld immer wieder zurück. Das klappte nicht immer, deshalb ois vornaweg:
D´Vorwandte kriegsch zuadoild, muasch hald nemma wiea se send, als Midgifd. Die Freind koasch aussuacha!

Onsere Leud

D`Urahna sitzd immer ganz hinten *en dr Schduba,* ob die Urgroßmutter *schloafa duad oder ned, woiß koiner. Sui muaß joa nix meh schaffa, sui hoad gnuag gschaffd. Ihr Sohn, dr Ehne ond Ahna, sei Weib, wergled uffem Hof no mid, so guads goahd. Ihr Bua hoad längschd scho ihr Landwirdschafd iebernomma,* mindestens das, was nach dem Teilen mit seinen Geschwistern übrig blieb. *Von morgens, wenns hell wird, bis end Nachd nei missed Mamme ond Babba von meine Bäsla* fest arbeiten, um *ieberd Ronda zu komma. Ond D´Kendr, wenn se aus de Wendla raus send, helfed mid. Doa gibds nix.*
Am Sonntag *wird bloß des Neidichschd gschaffd, d`Viecher vorsorgd,* weil da oft Besuch aus dr Stadt kommt.
Die Kinder freuen sich, weil *ihre Vedderla ond Bäsla zum Spiela doa send ond weil dene ihre Eltern, ihr Dode und Dede,* ihre Paten, *ofd a klois Gschenkle dorbei hend.*
Manchmal kommt auch *dor Dochdermoa,* der Schwiegersohn, aus dem Tal hoch, *om bei dr Ernd z`helfa. Dofir spritzd sei Schwoager sein Wengerd mid.*
Der jüngere Bruder des heutigen Bauern kommt selten, *der hoad a Schdädtere gheierd, dui Söhnere isch sich zu fei zom schaffa, deshalb isch se bei älle ondadurch.*

Vom broida Schwäbisch

Wer heute, als Schwabe, mein Schwäbisch nicht versteht, der hätte ungleich größere Verständnisprobleme *in de Fuffziger uffem Bauersberg ghed.* Wir waren damals die Städter und mein Onkel sagte: *Hered moal den Hanns oa, i glaub der spricht!* Nur weil man in der Stadt *ned mid rollendem „r" ond äba ned so broid gschwätzd hoad.*
Das Honoratiorenschwäbisch galt aber bei de Höfer nicht als Schwäbisch. Ich würde sprechen, meinte der Onkel. *Doa wär i aber bei älle ondadurch!*

Frage in Stuttgarterisch: *Wo isch denn euer WC?*
Alle schauen mich fragend an. *Noa sechd dor Heinzle. Der moind s`Scheißhaus! Doa zoigd jeder sein Arsch!*
S'Bäsle wird rot ond sechd: Doa henda domma dussa. Ihr Bruder meint: *Des schdenkd so saumäßich. Gang dr Noas noach, noa koaschs ned vorfehla!*

Bauersberg, Geradstetten

Offensichtlich gibt es Unterschiede auch bei uns, den Schwaben, und dazwischen send viele Reigschmeggde.

Was isch eigendlich a Schwoab?

Doch als Schwoab, des fälld mor ei,
muasch eigendlich gebora sei.
Vaddr Schwoab ond Schwäbin d`Frau
Schwoab wird dann des Baby au.
Des duad scho ganz anders brilla,
außer d`Mamma duads grad stilla.
Scho mid drei duads Schbätzla essa
ond Wei probiera ned zu vorgessa.
Ond en dr Schual, doa gibds Probleme,
koa sich ned an s`Hochdeitsch gwehna.
Ond suachdr endlich nachra Frau,
bhäb ischer joa schlieaßlich au,
noa nemmd`r a Scheena
faschd a bissle vormessa,
aber a Wüaschda,
däd schließlich gleich viel essa.
Ond erschd mid vierzich wirdr gscheid.
Andre ned in Ewigkeit!

Au bei ons Schwoaba geids, zom Glück,
zwoierloi Sorda: Buaba ond Mädla.
Ond des isch au guad so, hoad dr Sell gsaid.

Buaba hends besser
moined Mädla

Buaba hends bessr, sechd mei Dochdr ofd,
oifach viel bessr, denn siea hed ghoffd,
dass se vorschoind würd vor Pickl em Gsichd,
doa hends halb d`Buaba bessr,
denn diea schderd des nichd.

Mädla hends schlechdr, so wirfd se ei,
denn an ehne dirfd koi Odädale sei.
Koi Oisle, koi Wärzle dürfschd han,
sorschd guggd de oifach neamerd an!
A Gsichdle wiea a Kedrpopo,
en Kerle guggsch wäga de Narba o!

Soll i mei Hoar gar no lila färba
ond Jeans vorschneida mid Glasscherba?
Doa schlag i der was viel bessers vor:
Flüschder ehm beim Danza was Lieabs ens Ohr
ond lass em Lichdschei, em Donkla
moal dei scheene Äugla funkla.

Dann guggdr diea Odädala niea nemme oa,
des indressierd koin vorliebda Moa.

Au d`Buaba jammred bis se diea Rechd gfonda hend.
Wedde lässd sich heid no uffen abglegana Hof locka?

A reachda Hauzich

Als Brautführer bei vielen Hochzeiten von *Veddr odr Bäsla* wurde man mit vielen hübschen Brautjungfern, oft beste Freundinnen der Braut, zusammengebracht. Nach dem Motto: *Hanns wär dui nix?*

Drei Tage wurde gefeiert: *Freidichs war Polteroabend Samschdichs omma zehne d`Kirch, äba dui Trauung.*
Middagessa, Kaffee, Oabendessa ond Danz bis end Nachd.
Doa send mir Schwoaba ganz ausglassa.
Sonndichs war no Noachfeier fir diea, wo no kenna hend...
odr a schena Braudführere ghed hen.
Am Nachmittag wared älle fix ond ferdich ond froh, dass s`Feschd vorbei war.
Dor Braudvaddr au, der hoad mid Korgageld sein ganza Wei vom ledschda Joahr em Hebsägger Lamm bei dem Feschd vorbrauchd.

Wissedr was ogschiggd war?
Bei soma langa Feschd hoads Bärbele, des isch d`jengr Schwester von der Braut, ihrn Freind a bissle znäch an sich noaglassa und war etzed osicher, ob se ned heiern muaß.
Noa hoad se beim Vaddr glei ihrn Hauzichswunsch agmelded. Der sei aber ned begeisterd gwä ond häb se uffs übernächschd Joahr vordreschded, weil er moal wieder a Weigeld zom Leba brauchd hoad. Ond wieas Bärbele so an sich naguggd hoad, moindr: Wenns goahd! Zum Glück wars a Fehlalarm ond der Kerle, a reachdr Waidag, war bald vorschwonda. Au guad!

Au Buaba hends schwer!

D`schee Lau
eine schwäbische Wassernixe

S`Weddr schee ond d`Lufd war lau,
doa zieagd diea Kerle an diea Blau.
S`Schwitza amma Sommerdag
war fir ehn a große Plag.
Droomm läßd er sich ned lomba,
will sich em Gomba donga.

Scho wieaner so durch d`Bläddr guggd,
denkdr: Ben i gar vorruggd,
hoggd doa ned a naggichs Mädle
grad dromma bei dem Schdägle
uff sellem Stoi
ond des alloi?
Nadierlich stoahd er ned lang romm,
doa wär er joa wirklich domm,
vor ällem, weil sen au no lockd,
barbusich ond au ned berockd.

Er isch joa gar koi Weiberhassr,
dromm hopfdr näggich au ends Wasser.
Noa siehdr erschd, dass d`scheene Maid,
hoad ondaromm a Schubbakleid.
Was solls, denkd doa der jonge Moa,
dofir isch oba älles droa!

Er denkd, er kennd se wirklich halda
Doch sie lässd koine Gnade walda.
Ned er hoad sie, noi sie hoad ihn,
duad ehn beharrlich nabezieh.
Zieagd ehn an seim blonda Schopf
hinouder en den dieafa Dopf.

Gfonda hoad mor leider
von ihm bloß seine Kleider.
Vorschwonda blieb au d`scheene Lau
onds Wasser war glei druff wieder blau.

Wahr ist,
dass im Blautopf schon mancher ertrank.

Ond au d`Mädla wissed ned, obs ned a Deihänger isch

Dor richdich Bräutigam

S`Marie war joa wirklich schee,
doch wolld des gar ned richdich geh,
vonwega Bräutigam ond Moa.
Nadierlich guggd se mancher oa:
Blitzsaubers Gsichd,
kromm isch se nichd
ond rondherom so älle droa,
was freia däd en Moa.

A hübscha Frau, joa heidanei,
doa müssded doch Vorehrer sei!
Em Mai scho fenfazwanzig,
wird se an End no ranzig,
denkd Muader
ond warnd bei Gelegaheid.
Du Kend, jetztd isches an dr Zeid,
dass du kommsch onderd Hauba,
s`drängd scho, des koasch mor glauba.

Woisch Muadr, i han Werber a Menge,
bloß dui Wahl brengd me en die Enge.
Du kennsch doch den Heinz,
den heiersch glei!
Der rauchd wie an Schlod, do gang i doch ei
moinds Mädle doa soford.
Zum Glück gibds joa no andere em Ord.
No nemm hald den Fritz ond lass den laufa!
Oh Muadr, sechd Marie, der duad doch saufa!

A schleggichs Mensch bisch, des muaß i saga,
Noa dua doch middem Karle, d´Ehe waga.
S`Mädle wird rod ond wirfd au ei:
Woisch Mamme, der will Lieab ond au glei,
stotterd des ältere Kend.
Noa lachd ihr Muader gschwend:
Den heiersch aber glei,
denn diea Kranked goahd vorbei!

dr Oechsle kommd nach Ochsabach

Erinnerungen ans Kirbachtal
A Jonglehrer uffem Land
Oechsle kommt nach Ochsenbach

Babbe, wo isch denn des ane?
Mein Vater erklärte mir den Weg ins Kirbachtal, lieh mir seinen Käfer aus und ich fuhr und fuhr bis zum malerischen Schulort Ochsenbach. Hier sollte ich mich beim Schulleiter als Junglehrer melden. Ich denke, dass ich mindestens fünf mal die Hauptstraße auf und ab fuhr und weil es keine Tankstelle gab, beschloss, einen Bauern *beim Holzspalda uff dr Stroaß nach dr Schual zfroaga. Der guggd kurz uff mi ond mei Audo ond sechd:*
„So domm koa bloß a Stuagerder sei, fended als Lehrer ned moal onser Schual. Noa hoddr aber d`Stroaß na didda und gmoind: Doa onda lenks. Geahn se em Gruch noach, wos a meischda schdenkd".
Das Clohäusle em Hof roch man wirklich weit, weil es vom Typ „Plumpsclo" war.
Siea hend freie Auswahl, meint der Schulleiter. *Weil se dor erschd send. Entweder erschd ond zwoid Klass zamma mid ma möblierda Zemmer, achzig Mark.*
Was so wenich vordiend mor doa? beschwere ich mich.
Noi, des isch dor Preis vom Zemmr beim Knodl. Oder sie ganged uff Spielberg, doa isch diea ald Wohnung vom Schuldes frei. Vier Zemmr, Garage, Garda ond onder ehne ischs Klassazemmr.
Oh je, des werd i ned zahla kenna, jammere ich, Vier Zemmr!
Mached ses ned halblang, dui ald Wohnung isch billicher, wiea sell neis Zemmr!
So hoads mi nach Spielberg vorschlaga, ond s`hoad bassd!
D´Schualküch war au dord, dazu spädr meh.

Hanns allein ...

Mein Chef weit weg. *Au guad!* Die meisten Schüler wurden vom Bus direkt vor die Schultür gefahren. Wer sich heute krank fühlte, hätte es gestern wissen müssen.
Doch manchmoal häd mor au gern was gfroagd.
Guad, doa kommsch end Schlabba nei. Diea Spielberger wared nett ond hen den arma Schualbombes ned vorkomma lassa. I han glei dorzua gherd.

Herr Oechsle, meint der kleine Frieder, *en Gruaß vom Vaddr. Siea solled heid ned so viel bei dr Martha essa.*
(Das war der Ochsen mit „Stammessa") *Ond wenn se am halbr fenfe komma dädded, mir däded heid schlachda.*

Das waren noch die guten alten Zeiten, da wurde der Lehrer und der Pfarrer beim Schlachddag bedacht und nicht nur da:
– *wenn Weinles war hoads Trauba gä*
– *wenns scheene Äpfel gä hoad äba diea*
– *ond manchmoal an scheena Broada fir dr Sonndich.*

Spielberg

Buachschdabasubb

Nach der Schule, *so om de Zwelfe, stoahd dr kloi Fritz no romm ond guggd ganz draurich aus dor Wäsch.*
Was hoaschen? frage ich, sein Lehrer, besorgt.
I han was vorgessa, doa, sagt er und drückt mir einen Zeitungspacken in die Hand. Ich bemerke, dass etwas Weiches drin sein muss. Und er ergänzt:
D`Mamme hoad gsagd, i solls dirs glei gäbba, aber i hans oifach vorgessa, gell ned dor Mamme saga!
Ich bin neugierig und beginne mit dem Auswiggla.
Oimoal, zwoimoal, dreimoal goahds guad, noa merk i, dass der Schweinebroada an dui Vaihinger Zeidong noabäbd isch. I wiggl weider ond manche Buachschdaba bäbbed etzed an dem Floisch, des nemme so frisch ausseha duad. Mensch, Fritzle, bruddl i, worom hoasch des ned glei am Siebane mir gäbba?
Ed schempfa! I hans oifach en meiner Dascha vorgessa.
Dummerweise sitzt der Junge direkt neben dem riesigen Ofen, sein Ranzen lehnt dort immer dran und ich weiß nun, warum der Schlachtbraten so schlimm aussieht. Ich ahnte gar nicht, dass frisches Fleisch Färbungen von schwarz über verschiedene Rottöne bis weiß annehmen kann. Überall dazwischen klebten spiegelverkehrt die Buchstaben der Zeitung. Hätte ich gerade einen Spiegel gehabt, hätte ich die neuesten Nachrichten auf dem Schweinebraten lesen können. Aber, wer will das da lesen? Ich schüttle den Kopf und beschließe, das Problem meiner Frau zu übertragen, war doch sie Fachlehrerin für Kochen.
Gell, bidde ned vorroada, jammert Fritz und geht heim.
Ich steige die Treppe hoch, denn damals, in Spielberg, wohnten wir direkt über dem Schulsaal.

So was bleds, Renade, den koa mor bloß no wegschmeißa, sage ich und übergebe den *vorsauda Broada an mei Frau. Sui, au Lehrerin ond Pfarrersdochder aus Oßweil, ond no bhäber als wiean i, sechd: Vonwäga, der isch doch ed he. Den kocht mir uff.* Dann wirft sie den farbigen Braten ins kochende Wasser und siedet ihn so lang, bis aus physikalischen Gründen sich die leichten Papierbuchstaben von dem schweren Fleisch trennen und eine Kreisfahrt, *uff dr Nordhalbkugl emmr rechds romm,* beginnen. *Des war fir mi mei erschda Buachschdabasubb.*
Mir hend se aber ned gässa, noi, i han diea Buachstaba abgseid. Was haben sie gemacht? möchte in einem Vortrag eine norddeutsche Frau wissen.
Ganz oifach, lieabe Frau. I han en Seier gnomma ond domid diea Buachstaba abgseid.
Da bemerke ich, daß diese den Vorgang nicht begreift und deshalb meint: Wissen sie, Herr Oechsle, einen Seier gibt es nicht. Ich denke sie hatten ein Sieb.
Das weiß ich besser und halte dagegen: *Etzed ben i zwoiasiebzg Joahr ald worda ond han scho ieber sechzg Joahr sodde Seier en der Hand. Ond siea saged des gäbs gar ned.*
Ich denke doch, dass es Sieb heißt! meint sie.
Doa fälld mir a guader Beweis ei: Sehed se, au bei ons Schwoaba geids Leud, diea a bissle näba dr Kabb send, sie sagen verrückt. *do saged mir au: Gugg dr Karle hoad au oin am Seier, vomma Sieb hoad do no niea äbbr was gschwätzd.* Da gab sie auf.
Übrigens hat meine Frau danach Suppennudeln in die Fleischbrühe geworfen und *mir hens gessa. Ond s'hoad ons nix doa!*

Ach so! Wiea i zu der komma wär? Zu meiner Renate.

Also ich stehe im Flur vor meinem Klassenzimmer und schuppere. Wunderbare Essensdüfte wehen durchs Spielberger Rathaus. In dem Moment kommt eine junge, hübsche Lehrerin heraus und meint: *Gell des rieachd guad!* Inzwischen bin ich auch no durch den Anblick *abglenkd ond koa bloß no nigga. Des schmeggd no bessr als wieas rieacha duad!* meint die junge Dame. *Komm hald, wenn ferdich bisch. So viel hemmr emmr übrich!*
Des war mei Frau ...
Eine schwierige Zeit lag vor uns: *Dor nei Lehrer bussierd mid sellem Freilein...* Ein solches Paar stand unter ständiger Beobachtung. *Au wemmr erschd en dr Nachd ons bei mir droffa hend, hend emmr diea Vorhängla gwaggld. Noasaweise geids emmr ond ieberal!*

Noasaweiß

Wer spiggld hendram Feaschder Dag ond Nachd,
dass jeder denkd, er wird bewachd?
Dui sell will älles wissa,
au, ob diea zwoi sich kissa.
Am Dag middem Besa am Gardador,
en dr Nachd glotzd henderm Vorhang vor.
Sui will des seha, ond sich uffrega dann,
weil siea es kaum erwarda kann,
dass andre des dean, wozu sie koin Muad.
Noi so a Nochbere isch niea guad.
Däd se druff wenigschdens d`Goscha halda.
Noi, sui muss des vorzähla, de Jonge ond de Alda.
Noasaweiß ond a gschwätziga Basa,
bei der koasch ned mol en F.. meh lassa,
dass duis ned jedem glei vorzähld.
A so oine hoad ons grad no gfähld!
Had i en Rossbolla, wär ned i faul
ond däd der Schwätzbasa stopfa ihr Maul.

Dagsüber no Junggeselle, han i mi uff Eiladunga gfreid.
Wennr gschlachded wird, gherd dor Lehrer dorzua!

D´Metzlsupp

Em Noachber sei Sau, des herd mor saga,
leid em Lehrer schwer em Maga.
Denn wieas so isch en alder Brauch,
kommd zum Schlachda dr Lehrer auch.
Dem wird's scheeschde Stüggle gäba,
denn so a Mensch, der soll au leba.
Der wird gschdopfd, faschd wiea a Goas,
s`Gläsle stoad ehm vor dr Noas.
Ha, no a Schlüggle, sei eh bloß a Schdomba.
Dr Schualmeischder lässd sich gar ned lomba.
Der lässd sich`schmegga, schlürfd ond schläggd.
Noa wird au no a Hefezopf uffdeggd,
ond vom guada Schnabs au no en Schlugg,
do zieagd dr Lehrer sei Glas ned zrugg.
Ha, wiea ihr Karle hald en dr Schual so wär?
Hmmm.. en guada Baura gäb der scho her,
denn seine Säu, des könnd mor joa saga,
müaßd er joa koi Gedichd uffdraga.
Ond middem Einmaleins bis .... zwei,
sei er schlieaßlich fehlerfrei!
So a guada Noachrichd hörd dor Noachber mid Freid,
er war a schlechder Schüaler seinerzeid,
ond sei Weib isch diea Hellschd au ned gwesa,
dui koa bis heid koin Wochaspruch lesa.
Noa krieagd dor Lehrer no a Bixa mid,
des war koi Beschdechung, des war so Sitt.

A Lehrer koa au schreiba
Au des isch bassierd

Ich sitze gemütlich, noch allein, in meiner Stube im ersten Stock des Spielberger Rathauses und sehe im Fernsehen die Nachrichten an.
Klengelds doa ned? denke ich und gehe zur Glastüre. Tatsächlich! Vor der Türe steht Herr Schäufele, *a Bauer von weidr onda em Dorf.*
Oh, Entschuldigung Herr Oechsle, sagt er a bissle vorläga, i mechd ned schdera.
Erst als ich ihm versichere, dass er nicht stört, *obwohl er nadierlich stera duad, aber wenn alloi bisch isch a Onderbrechung vom Alloisei au guad,* erst dann fährt er fort:
Wissed se, i han so a schwierichs Schreiba vom Amd grieagd ond noa han i denkd, dass siea als Lehrer, sia kenned joa au schreiba, des mid mir au moal agugga kended. I han au a Bixawurschd ond a Fläschle Wei midbroachd. Doa!
Zuerst überreicht er mir *des Midbrengsl ond* dann, weil is *agnomma han, ischr so keck, au sell Schreiba.*
Es geht um seine Landwirtschaft und deren steuerliche Einschätzung. Ich lese das Ganze vor, er gibt mir zu den Fragen die Antwort, die ich formuliere und ihm zum Schreiben diktiere. Aber *doa klemmds, äba middem Schreiba.*
Wissed se, wiean i en d`Schual ganga ben, war Krieag ond onser Lehrer hoad koi Zeid ghed ons s`Schreiba zlerna, Mir hend oba em Wald Gräba ausghoba für dor Endsieg ond wared ganz draurich, dass d`Ammi gar ned noach ons gsuachd hend. Aber seiddem habberds bei mir ond meim-Weib am Schreiba ond Lesa. D`Mädla hend fir d`Soldada en Russland Sogga schdrigga missa, entschuldigt sich der Bauer.

Da beschließe ich, alles selbst auszufüllen. Die Unterschrift müsst er ja können.

Doch als er sie nach einer Stunde sehr unsicher *mid dem Aufondab,* wie er sagt, darunter setzt, denke ich: *Oh mei lieaber Fritz Scheifale, du hädsch lang dofir brauchd!*

Ganz erleichtert das geschafft zu haben, steht er auf, bedankt sich bei mir und meint: *Des war lieab von ehne, aber i ben hald koi Held beim Schreiba. Gell mei Buba werns dann wohl kenna?*

Ich verrate ihm nicht, *dass des au koine Helda en derra Kunschd send.* Und er verspricht im Abgehen: *Wenn se em Früahleng ihrn Gaarda richded, dua i ehne dofir fräsa!*

So war man eine gute Gemeinschaft auf dem Land.

Hohenhaslach, aide Schual   ... doa war i au ...

Älles omsonschd?
Szenen einer jungen Ehe.

Die junge Frau wacht auf und tastet nach ihrem Mann
Bärbel: Karle, wo bisch denn? (keine Antwort, greift neben sich) Etzed isch der nemme doa! (Geht zum Fenster) Ha, doa bisch joa! Komm doch nomoal ruff!
Karle: Worom?
Bärbel: Noa kenned mir no a Schdendle kuschln!
Karle: Hemmr doch erschd heud nachd!
Bärbel: So lang isch des scho her? Ach komm doch!
Karle: Etzed ned, woisch i ben a bissle vorschwitzd!
Bärbel: Machd nix, i rieach die so gern!
Karle: Glei kommd dor Fritz, was soll der denga.
Bärbel: Der guggd emmr so, der woiß was los isch.
Karle: I will ned, dass der denkd i sei faul.
Bärbel: Ach so ond i han denkd, der soll ned des denga.
Karle: Äba etzed ned. Ward hald bissr ford isch.
Bärbel: Noa hald nachem Middagessa.
Karle: Doa schaffed mir, doa leg i mi niea ens Neschd!
Bärbel: Ond i han dengd, du wärsch au romandisch!
Karle: Des Word kenn i dagsieber ned!
Bärbel: Ond des en dr erschda Woch! Des koa joa heider werra! Noa äba heid Oabend! Guad?
Karle: Zuerschd muaß i wägam Audo zum Heinz, weils schäbberd! Dornoach.
Bärbel: Machd nix, i bad me moal scho ond ward.
Karle: Oh... i woiß ned!
Bärbel: Was isch etzed scho wiedr?
Karle: I däd vorrem Bada aruafa.
Bärbel: Worom des denn?
Karle: Woisch, mir ganged no gschwend en dor Besa.
Bärbel: No kommsch hald dornoach.
Karle: Noa ben i müad ond du hoasch omsonschd duschd.

Middla em Flegga Oberstenfeld

Middla em Leba
Wieas den Oechsle nach Oberstenfeld vorschlaga hoad?

Des war so:
Schwiegervater: Hanns, du weißt ja, dass wir in Oberstenfeld für unseren Ruhestand ein Haus bauen.
Jetzt haben wir fünf Kinder und keines wohnt dort.
Das wusste ich, denn die Geschwister lebten weit verstreut in unserem Land.
Er: Könntet ihr nicht nach Oberstenfeld ziehen, dann wären wir im Alter nicht allein.
Ich: Ach woisch, mir gefällt es im Kirbachtal, ich bin im Gemeinderat und wenn in Spielberg umgelegt wird, habe ich schon einen Bauplatz im Auge.
Er: Ach, was den Bauplatz betrifft, wenn du kommen würdest, bekommt ihr einen geschenkt.
Wir schauten den Platz an,
fanden die Stelle schön und bauten.
Eines noch:
In Oberstenfeld fühlte ich mich nie fremd, denn die Einheimischen kannten meine Schwiegermutter, eine Oberstenfelderin.
Und man hörte: Der nei Lehrer isch koi Reigschmeggdr, des isch dor Schwiegersoh vom Ferbers Emile.
Von da an bemühte ich mich,
etwas für diese Freundlichkeit den Menschen zurückzugeben.

Oberstenfeld
A stolzerFlegga mid über tausend Joahr Geschichte

Wer längr doa wohnd, fendeds emmr scheener. Worom?
Oinerseids lieged mir no em lebendicha Middlera
Neckerraum ond andrerseids, wer a Ruah wella däd, au
glei en dr herrlicha Landschafd von de Löwensteiner
Berg. Grad der Uffstieg von onda, wos bald Früahleng
isch, nuff uff fenfhonderd Meder, wos no lang Wendr
isch, des isch Oberstafeld:
Von de Oberstafelder Äcker über d Aua von Gronau,
durch d`Wengerd ond dia Buachawälder hoch
uff die Ebene vom Christbaumdorf Prevorst.
Wenns laud willsch, goahsch en onser Freibad,
wenn ruhich wandra willsch, en onsre Wälder.

Hudl ned

Hudl ned, des duad ned guad!
Schon dei Nerva, fass en Muad!
Hald moal oa ond schnauf!
Hör mid hudla auf!
Schald dei Hirn ei, sell wirds richda,
ohne Hirn machsch blede Gschichda.
Doadurch hoasch dann viel meh Zeid,
wiea so hudliche, schaffiche Leid.

Dua moal gruaba, hogg de noa.
Gugg, wiea dei Leba schee sei koa!
Endlich koasch au zufrieda sei.
Schald moal ab ond schlürf en Wei!
Dann lehnsch de moal oifach zrück.
Spürsch ned glei a Spur vom Glück?

Aber eines ist klar:
Du koasch no so viel gruaba, guads essa ond drenga ...
Schlanker wirsch ned
Achtung: Figurenkontrolle

So koas komma, dass am scheeschda Sonndichmorga dei Frau sechd: Stell de moal seidlich noa!
Noch etwas verschlafen führst du den „Befehl" aus.
um gleich zu hören:
Om Goddeswilla, du bisch joa scho widdr dicker worda! Dabei würde sie äll Dag drei Saläd ond a Gmüas kocha. Doch i müaßd emmr meine blede Spätzla essa. Ich rede mich raus: Mir Cannstatter send hald Spchbätzlesschwoaba. Ned zledschd isch bei ons diea berühmd Spätzlespress erfonda worra.
Auch solche wichtigen Erfindungen bringen sie von der Drohung nicht ab:
Heid hoasch wieder diea Auswahl ...
Spätzla oder Kartoffelsalad
In beiden Speisen, dobei seha die so onderschiedlich aus, wäred diea gleiche Nährstoffe ond zviel dovo däd dick macha. So was glaubsch ned. Vielleichd war i en derra Woch ned liab gnuag gwä. Guad, wenn i ned boide krieag, entscheid i mi fir
Äbiarasalad

dr Äbiearasalad

Doa koasch kocha, doa koasch bacha,
koasch diea beschde Schnitzl macha,
s`Essa schmeckd hald viel zu fad,
fehld hald dr Kardofflsalad.
Zu große Broada, zu saure Broada,
sogar zu Mauldascha ond Buabaspitzla,
doa koasch lacha ond au witzla.
S`Essa schmeggd hald viel zu fad,
ohne onsern Kardofflsalad.
Selbschd hoch em Norda, diea Eskimomädla
dädd scho am Sonndichs Äbieara rädla
ond au diea Ne... pardon Farbigen em südlicha Kral
wissed des scho ällemal:
s`Essa schmeggd viel zu fad ohne schwäbischer
Kardoffelsalad.
Drom Schwoabamädla höred her,
wer den ned koa krieagd koinen mehr,
denn s`Essa ond au d`Lieab wär viel zu fad
ohne en gscheida **Äbiearasalad.**

Faschda

Wenn i so ammir na gugga dua, no denk i, oh des war au scho oifach`r zu meine Zaiaschbitza nagugga.* Irgendwie ist irgendwas im Weg. Und ,wenn ich in der Fastenzeit die Blicke meiner Gegenüber verfolge, *no denk i fir mi: Wo guggd jetzed dui wieder no? Dui sell,* die eben erwähnte, soll aber ganz ruhig sein, *dui sell isch so klabberdirr, dass es sogar ihrem Mo z`viel, des hoißd en dem Fall z`wenig isch. Worom sitzd der sorschd äll scheena Samschdich en d`r Beilschdner Sauna ond guggd äwwl diea dickschde Weiber, pardon Frauen, an? *Des hod mor dann von sällem ieberdriebena Faschda?* Doch diese Nachbarin isst nur Greazeig, Salate, Gemüse und Obst. *Dui ko leichd uffs Floisch vorzichda, en dor ganza langa Faschdazeid, koi Floischle, dui mog jo kois!* Sie dürfte kein Gemüse essen, dafür aber Fleisch. *No häd se dor Dregg!* Früher haben die *gnitze Schwoaba mid de Mauldäschla des bissle Floisch en ihrn Schlond kriegd.* In Oberschwaben war das auch so, *bloß hoad mor Herrgoddsbscheißerla zu dene gsaid.* Heute kann man in vielerlei Hinsicht fasten, hören Sie doch mal die Nachbarn an: *Wissed se Herr Exle, i faschd des Johr mid Wei,* meint das ältere Fräulein von gegenüber, *äba en sellem Augabligg wiean i meine fenfazwanzig leere Fläschla end Glassammlung schmeißa dua. A bissle henderix,* verschlagen, *grinsd sie dorbei. I v`rgneifs* mir zu sagen: *Sell isch bei dem Achdele, wo siea jeda Woch drenged däded, koi Konschd.*

Die Saladprobe

Eine richtige schwäbische Hochzeit dauerte oft drei Tage *ond war saumäßich deier. Noa hoads au no den bleda Brauch gä, dass älles dor Braudvaddr zahla muaß. Wenn dann wie a Onkel drei Mädla hoasch, bisch noach zwoi Hauzicha scho so ruinierd, dass es zur dridda nemme langd. Ausgrechned uff dor Hauzich von ihrer Schweschder hen sich mei Dande ond ihr Karl gfonda ond glei sich gegaseidich vorsprocha, wiea se aber zom Braudvaddr ganga send, sechd der, dass a weidre Hauzich ihn voll ombrenga däd.*
Nix gega die, Karl, sechdr, du bisch schau rechd, aber a jeds Joahr a soddes Feschd koa i mir ed leischda. Lassed mir zwoi, drei Joahr Luft, noa isch au dr Stall repariert ond s'Hausdach au.
Doa hemmr guggd, erzählte meine Tante mir später. Zum Unterschied von heute, durften junge Paare nicht unverheiratet zusammenziehen, ja nicht einmal zusammen in Urlaub fahren.
A bissle drugga ond dann ond wann heimlich a Küssle, das wäre alles gewesen *ond des em jugendlicha Überschwang! A harda Probezeid sei des gwä.*
Eine schlechte Ernte im nächsten Jahr hätte alles noch weiter verschoben und dazu drohte der Krieg.
Doa hoad mei Schwiegermuadr a Eiseha ghed ond gmoind: Bärbl, i seh, dass ihr guad zamma gschirra däded. Du basch zu meim Bua ond i merg, dassr draurich wird.
Da machte sie den Vorschlag mit der Saladprobe.
Etzed hilfsch du mir am sonndich noach dr Kirch beim Kardofflsalad macha. Ich sag dir, des isch em Karle sei

Leibschbeis, ond wennr nemme onderscheida koa, ob en i odr du gmachd hoasch, noa schwätz i mid meim Moa, obbr ned d`Hälfd Hauzich zahla däd.
Nach einem halben Jahr seis dann soweid gwä. Dr Erbhofbauer, em Karl sei Vaddr, häb a Feld von seim Weib seiner Midgifd vorkaufd ond endlich häbed se heiern dürfa.
Ond so lang wared ihr brav? frage ich. *Ned ganz,* lacht die Tante und wird mit über Fünfzig rot. Wie sie den Termin, auch mit dem Pfarrer besprochen hatten, wären sie ja endgültig verlobt gewesen und der Onkel nach dor Heired zu wild und noa …
Ond i han denkd, s`Rösle sei a Achtmonedskend, wundere ich mich.
Noi, ehnder neun, gibt die Tante zu und legt ihren Finger über ihre Lippen, also, es soll unser Geheimnis sein.

Wenn a Schwoab uff Kardoffla omgschdelld wird

Irgendwie möchte mich meine Frau auf Kartoffeln umstellen, was sie allerdings in über vierzig Jahren nicht geschafft hat. *I moag joa drei Arda von Äbieara: als Kartofflsalad, Prägala ond durch d`Sau,* sage ich, um sie zu beruhigen.
Sie meint allerdings, dass sie auch zu Spinat gehören würden, *i moin des ned. Zu Spinat, den häb i scho als Baby ned möga, ghered fir mi Pfannabeisch oder Spätzla,* für meine Frau aber Salzkartoffeln. *Mid dene odr Äbiearabrei koasch mi weid jaga.*

Gut, wenn ich bei der Figurenkontrolle am *Sonndich* nach dem Frühstück durchfalle, muss ich mich entscheiden:
Schbätzla odr Äbiearasalad?

Und wenn ich meine Frau nicht zu beidem überreden kann, *noa zieag i wiea gsagd den Äbiearasald vor. Der isch dui Seel vom schwäbischa Sonndichessa.*

*Hoasch ned no **a Ranga Brod?** frage ich meine Frau. Noa ben i gschdelld. A guader Broada mid viel diggr Soß, en Kardofflsalad,* natürlich nie mit Majonaise *ond a Scheib halbweiß Brod mid viel Rogga drenn zom s`Dellr auswischa hendrher, dass des selle schbieagld, wiea frisch gschbüald, noa isch dr Sonndich gredded!*

Onser däglich Brod

Vergessed ned onser halbweiß Brod,
denn ohne des wärsch dod.
Zu onsera guada schwäbischa Wurschd
gherd a Brod ond au dr Durschd
uff en Mooschd, en guada Wei.
Schenk dor den hald ei!

Denn bisch du moal em Ausland gwesa
ond häddesch gern a Veschber gässa,
noa merksch, dass ohne halbweiß Brod
kommsch en große Nod.
En Amerika duads Toaschdbrod gäbba,
des duad dor hald em Gauma bäbba
ond middem Franzos seine Schdanga
koasch bloß beim Frühschdügg was oa`fanga.
Gelobd sei hald a Loib mid scheenor Renda!
Den duasch bloß beim schwäbischa Bäggr fenda.

ps. Hoad a Schwoab sei Dagwerk gschaffd, hoggdr noa ond veschberd. Wurschd, Mooschd odr Wei gherd dorzua. Aber was isch des Verschbera wird, wenn koi bassends Brod dorzua hoasch? *Noa druggds mir scho beim ledschde Bissa d`schwere Augaliedr zua, dass is grad no uff dr Sofa schaff.*

Opas Lieablingsschdell

Wenn en schwäbischa Moa, älle Opas uff jeden Fall, nach dem guada Middagessa suachsch, noa brauchsch bloß en d'Schdub ganga. Dord isch so a Möbl zum Druffliega. Doa liegd`r ond machd, so mei Enkele, seldsame ond au erschreggende Geräusche. Dovor däd se Angschd krieaga ond deswäga häb se mir scho ofd d`Noas zuaghoba, des däd helfa.

So und nun für alle Schwaben eine Aufgabe. Gesucht wird:
Ein schwäbisches Wort für diese Legestatt.
Gleich werden folgende Ausdrücke genannt:
Sofa   nicht schwäbisch, eher orientalisch
Couch   nicht schwäbisch, englisch
Diwan   nicht schwäbisch, eher orientalisch
Liege   nicht schwäbisch, aber hochdeutsch
Schässlo *schreibed se des moal rechd,* sage ich,
noa merged se, wohers komma duad.
Chaise longue   also eher französisch

... und nichts gefunden!
Warum?
Ha, weil mir Schwoaba ondr Dags selda noagläga send, mir hend emmr weidr gschaffd bis en d`Nachd!

Sofabild

Der Schwaben liebstes Hobby:
s`*Schaffa*

Aber zunächst die wichtige Vorgeschichte: Worom mor ons Schwoaba brauchd hoad!

Als kurz nach der Erschaffung der Pflanzen, Tiere und zuletzt des ersten Menschen, also des Adam, *onser Herrgodd gsäh hoad,* dass *äba der* so ganz arg traurig *uff der scheena Weld rommgloffa isch ond d`Lella raghängd hoad,* suchte er gleich nach der Ursache und bemerkte, dass dieser Adam, die Krone der Schöpfung, *mudder- ond au vaddrseela alloi war.* Da beschloss Gott, ihm eine Frau zur Seite zu stellen. Jeder weiß, *des war d`Eva.*
Sie war, die Frauen mögen es mir verzeihen, offensichtlich ursprünglich nicht geplant, *wobei mir die Sach mid dr Vermehrung noa oifach schleierhafd blieba wär.* Da müsste dann eine, wie es bei den Pflanzen auch gibt, eine ungeschlechtliche Vermehrung früher vorgesehen gewesen sein. *Des wär aber direkt schad, fend i, ond die Jonge werded meiner Meinung sei.* Das Problem war, dass dadurch, das ganze vorgesehene Material im Adam bereits verbaut war und *onsr Herrgodd hoad ieberlegd, woraus er etzed dui Eva macha kenndt.*
Ausem Kopf vom Adam goahds ned, weil er bloß oin hoad, aus de Ärm au ned, diea brauchdr dringend zum Schaffa ond aus de Füäß, gmoind send diea ganze nuff bis an s`Fiedle, au ned, sonschd koa der nemme saua.
Was könnte er seinem Adam entnehmen? Er schaute ja von oben und bemerkte, dass er einige Rippenbögen hatte.
Damit war die Idee geboren:

Eva wird aus einer Rippe geformt. Doaher kommd au der Ausdruck: A Weib isch a Ripp!
Adam wurde, da es ja noch kein Narkosemittel gab, mit dem stärksten Wein, dem Lemberger *ond des drei Fläschla,* betäubt. Dann wurde ihm der unterste Rippenbogen entnommen und dieser in die Eva verbaut.
Seitdem fehlt der uns, vor allem, wenn ein Bauch sich über der Hose zu wölben beginnt.

Verknüpfung (so semmer hald):

Jetzt muss ich geschwind eine Verknüpfung herstellen:
Zum Kapitel; Achtung! Figurkontrolle!
Hädded mir sellen Boga no,
der wär bei mir o`gfär doa,
noa däd bei ons nix raushänga!
Hoasch me?
Deshalb hängd bei ons Männr emmr dr Bauch raus.
Älles wäga der Rippen-Stiftung an die Damen
ond etzed saged äba diea onser Bauch däd raushänga.
Wenn meineFrau ned a Ruha gibd, noa sag i:
Noa krieag i von dir sellen Ribbaboga zurück, noa welled mir moal seha, was bei dir raushänga duad!

Kurz druff isch aus sora ganz normala männlicha Ribba a zauberhafd scheena Eva worda. Doa siehd mor äba, onsre Knocha send zu ällem guad.
Und als der Adam wieder zu sich kam, wars um den gschehen. *Ned moal* sein Wundschmerz hat ihn so gestört, *noi, der hoad gar nemme gwissd, wo er zuerschd noagugga soll:* An der Eva war eben alles perfekt, jede Rundung genau da, wo *se hoad sei missa ond koi bissle zviel ond koi bissle zwenich vom Wichdicha.*

Plötzlich fälld dem Adam auf, dass auch die Eva ihn genau betrachtet, bsonders an Stellen, die ihm bisher nicht so bedeutend vorkamen. *Kurz, der sell hoad erschd durch dui hübsch Eva gmergd, dass grad an selle Voränderonga meglich wared. Doa koasch nemme, denkd der ond suachd glei druff a Feigabläddle. Des war aber zkloi. Dobei ischer mid dem Mädle zammagschdosa, des grad au uff den Busch zugloffa war. Wie diea Eva ganz rod agloffa isch, gibd er schnell derra selles Feigabladd. Derra hoads glangd ond er suachd nachma großa Bladd vomma Fikus oder so.*
Weil die Blätter immer wieder rutschten und so die Blöse freigaben, fragten sie bei Firma Bleyle wegen Kleidern an. Doch die schwäbische Kleiderfabrik, *bhäb wiea se warad,* antwortete, dass man für nur zwei Menschen keine rentable Produktion beginnen könne.
Heute, in Sexualkunde viel genauer geschult, weiß man, dass die Firma recht hatte. Nur ohne Kleidung kommt es zum notwendigen Populationschub.
Die mangelnde Bekleidung und die durch die Schönheit der ersten Menschen sich ergebende Ablenkung, brachten beiläufig die ganze Arbeitsplanung der Erde durcheinander. Kurz, *koiner von dene zwoi hoad meh Kehrwoch gmacht, Äschdla zammaglesa oder überhaupt irgendwas gschafft. D´Eva hoad ganz vorgessa, diea furchtbar wüaschde Lewazähn aus dene Felsritza zu stecha, was heid aber a jeda ordendlicha schwäbischa Hausfrau wöchendlich em Knuila machd. So a Saurei koasch doch ned leida,* meint meine Nachbarin noch mit achzig und jammerd nach zwoi Stunden: *Mor isch oifach nemme diea Jengschd!*
Während Adam sich schon mit dem Anblick Evas zufrieden gab, war Eva sich irgndwie sicher, dass es da noch andere Möglichkeiten gab. *Fraua send doa oifach weidr!* Sie be-

schlossen deshalb bei der Schlange, die am Baum der
Erkenntnis hinten im Garten herunterbaumelte, mal anzu-
fragen, denn wer eine Erkenntnis hat, weiß einfach mehr.
Diese wollte die beiden zunächst testen, ob man sie als An-
hänger gewinnen könnte, deshalb schlug sie vor, zuerst mal
so einen wunderschönen, schmackhaften Apfel zu kosten.
Adam erinnerte sich noch an das Verbot und lehnte ab, auch
da er an die Verwertung als Mostobst dachte. Eva schaute
sich um, *onser Herrgodd war ned doa, vielleicht grad en
Frankreich,* deshalb pflückte sie den Apfel und biss voll
Genuss hinein.
*Zerschd send ihre Auga ganz zua ganga, weil se sich uff
den neua Gschmagg konzentrirt hoad, dann hoad ses ganz
ängschdlich uffgrissa ond glei gmergd, dass selles Feiga-
bläddle doch meh Blicke zualässd, als dass es was vor-
degga däd. Ond den Adamm hoad se au ganz anders
aguggd ond au bemerkd, dassr an manche Stella, quasi
hendrem großa Vikusbladd, doch ganz anders ausseha
duad. En dem Bereich muss no wieder gforsch werra, hoad
se denkd, am beschda, wenns a bissle donkel isch.*
*Onser Herrgodd hoad ndierlich älles beobachtet, joa sogar
komma seha, weshalb er die zwoi als Schaffer vorlora gäa
hoad. Joa er war sicher, dass mor firs Schaffa no en andra
Menschatyp braucha duad.*

Welche Eigenschaften musste dieser Mensch haben?
– er muaß sogar gern schaffa
– er muaß schaffa bis er ferdich isch
– er därf donoach ned gruaba
– er muaß glei druff froaga, was er etzed doa kennd
Er war froh, dass er diese Eigenschaften in einem neuen,
dridden Menschen alle untergebracht hatte.

**On des,
ob ihrs glaubd odr ned,
war dr erschd Schwoab**

Vom Schaffa

I glaub, als Godd dui Weld hoad gmachd,
doa hoadr sich viel meh no dachd,
als mir
mid onsre kloine Kepf,
seine ällerbeschde Gschepf,
kenned beim beschda Willa fassa:
Jetzd hogg i mi am Sonndich noa,
noa fälldem ei, dem guada Moa:
Es sodd,

weil dr Adam saud em Paradies herom
ond machd dorbei koin Fenger kromm.
Es sodd uff dr Weld au en Schaffer sei,
denn zum Wuala gäbs doa ällerlei.

Glei noach dor Eva hoadrs gmachd,
doa hoad er sich dr erschd Schwoab ausdachd.
Er nemmd hald so en Bebbl Lehm
ond formd ond druggdn zu äba grad dem,
was mor später dor Urschwoab nennd,
der von Geburd bis zum Tod bloß rennd.

Denn kaum isch dr Lebenshauch ennem drenna,
noa fängd der oa scho saumäßig z`renna.
Suachd no em Paradies Hammr ond Spada,
noi s`Schaffa duad dem nieamoals schada.

Koin gotzicha Momend en seim ganza Leba
wird der a bissle a Ruhe gäba.
Ond hoggdr em Hirsch ond denksch der sei faul,
noa schaffd sei Maga
ond laufd sei Maul.

Ond stoahd der beim Schwätza moal so herom
noa druggd`r wenigschdens en Besa kromm.
Noi, so a Urschwoab, ob groß odr klei,
der koa ogschaffd gar ned sei.
Ond kommdr en Hemml, noa koasch dr denka,
was dr Petrus ehm duad zu Weihnachda schenka:
So en ganz, ganz nobla Werkzeigsatz.
Noa hoad er doa droba sein Arbeidsplatz.
Noa koa er von Wolke zu Wolke hopfa
ond mid Werg diea Wolgalechr schdopfa.

Paradies

En Gronau war i gern Schualmoischdr
1991 - 2007
ond wissad se
16 Joahr Groana
geahn ned spurlos an oam vorbei!

middla en Gronau

Des isch Gronau:
Gronau isch a scheener Flegga
Braucht sich wirklich ned vorschdegga.
Wiesa hoads ond Felder
ond rengs romm scheene Wälder
ond au a Kloina Schual war doa
damid mor äbbes lerna koa.

ps. Wussten Sie, dass Gronau älter als Oberstenfeld ist?

A zwoids wichdichs Hobby:
Onsere Verei
mei Frau moind i wär a Vereinsmaier

En onserm Dorf send drei Verei,
joa doa muasch en jedem sei!
A manchr koa ned richdich senga,
noa duad dr Musikvorei ehn denga.
Odr hoasch zwoi alde Hasaställ
bisch bei de Kleidierzichder schnell.

Bisch Wird odr Gemeinderat,
noa bleibd dir koi Verei erspard.
Ond isch a dreidägichs Feschd,
noa wechsled bloß die Gäschd.

Am Freidich hoasch fir d`Sänger d`Kass,
am Samschdich en dr Küch dein Spass,
am Sonndich duasch dann Würschdla brada.
Noi s`Feschda duad em Schwoab ned schada.
Am Medich hilfsch beim Zemareima,
am Deischdich därfsch s`Senga ned vorseima,
am Middwoch duasch dann d`Tuba blaßa,
am Dorschdich läsch dein Rammler grasa.

So hoasch als Voreinsmeier a Woch a scheena
ond en dr reschdlicha Zeid
duaschs Weib vorwöhna.

Em Aldr wäxd nix, weder dass dr Geiz! Zerschd spared mor, dann sammled mor ond gäbbed nix me aus.
Au wemmir viel hen, hebed mir bhäb des zamma ond dean uff arm, damid no ärmere ons was schenked.

vormähra

Irgendwie, das kann auch mit meinem Alter zusammenhängen, nimmt zur Zeit alles *a bissle ab, wird weniger, vorrengerd sich. Klar hoad mor doa mid dem, an des onsre Jonge bei dem Wördle glei denged nix me zdoa.* Umso mehr ist man überrascht, wenn etwas unerwartet mehr wird.

I vorzähl eich, was mir bassierd isch. Die Hitze in unserem schönen Bottwartal war an *sellem Middag dondrschlächtig,* manche würden sie auch „unerträglich" nennen, heiß, deshalb beschlossen wir, *mei Jongr ond i,* in unsere „Berge" zu fahren. *Des goahd bei ons wieadrwidsch* also schnell: *Du muasch no durch Grona durch ond des Däle lang, noa steigds Sträßle noach Kurzich zua oa.*

Plötzlich *bimmeld* es am Display, *des duads bei mir schdändich ond i woiß ofd ned moal, was des sei soll.* Dieses Mal aber wusste ich es gleich, denn *a uralda Zapfsäul* meldete, dass *mei VW bloß no fir achzg Kilometer Sprit han däd.* Wir schauen uns an und fahren weiter, denn *uff dr Juxkopf sends bloß zeah.* Da es aber ständig nach oben geht, sank der Bestand schnell und oben war nur noch die Hälfte da. Das blieb auch so, *weil mor zum Wandra no niea koin Diesl brauchd hoad.* Danach fuhren wir wieder heim. Ich stellte den Tacho auf null, *damid i gugga koa ‚wern dr Sprit aus isch, wiea weid i no middam Kanischdr laufa muaß.* Aber *Pfeifadeggl!* Beim Hinunterfahren *hoad sich mei Sprit em Tank wondrsam vormährd.*

Noach zwoi Kilomedr han i scho fir zwanz km meh Diesl ghed ond onda en Grona wareds bletzlich fir volle honderdzeah Kilomedr Diesel doa, doa war i baff!
Das ist eine Erfindung, denke ich, die musst du patentieren lassen.
Du brauchsch ned bohra, ned schaffa, ned zahla, noi, bloß gmieadlich em Audo hogga ond scho han i fir siebazig Kilomedr Sprit gmachd. Isch des nix! Wissen Sie was schad war? *Dass es noa bei Grona nemme na ganga duad, sonschd wär mei Tank bratzld voll worda ond i häd no en Doil von derra Vormährung an mein Freind vorkaufa kenna.*

Mir Schwoaba hen hald was middem Erfenda, des Audo, Schbätzlespress. Älle Däg, was Neis. Muasch hald uffbassa, vielleichd steckd en dir au a Daimler!?

So semmr hald

Schaffa, wuala, hagga, kera.
Über z`wenich Gschäfd beschwera.
D`Äggr pflüga, Reba schneida.
O`kraud niea ond nirgends leida.
Ohne Gschäfd, sell sag i eich glei,
a Faullenzer kend i ned sei.

Lieabr schwitza wiea a Ross,
als rommhogga, d`Händ end Schoß
I dua nocfalls a Gschäfd au fenda
ord wenn em Kellr au ganz henda.
Ond schaffd a Schwoabaweib moal nix
isch se bei ons a faula Bix.

Gromme Biggl, Schwiela an de Händ,
droa kennsch en Schwoaba gar am End.
Soll koiner saga, der Ald sei faul
ond lkriegds Gnadabrod, wiea en Gaul.
Ond druggd ehm dr Tod diea Auga zua,
noa geidr endlich au a Ruah.
Ond bei dr Leich sechd jedr noa:
Der sell, des war a schaffichr Moa!

Ond wenn i viel gschaffd han
ond au en dr Woch lieab gnuag war, krieg i.

Mei Leibspeis

Was isch so doigig ond so rond?
Was leid em Schwoab so guad em Mond?
Was rudschd so mondr durch dr Racha?
Was duad dr beschde Maga macha?
Ja woisch des no ned gar am End?
Des woiß bei ons doch jedes Kend!
Denn mid dene ond Soß
werded Schwoabakendr groß.
Ond so en guadr Kardofflsalad
wär ohne dia grad z`schad!
Wer hoad diea eigendlich erfonda?
Vielleichd onser Herrgodd en Schlemmrstonda?
Ond hoads Weib moal middem Männe Streid,
rufd der:
Aber a Dag ohne Spätzla, des goahds weid!
Denn Spätzla, zu ällem womers denga koa,
schmeggd hald em rechda Schwoabamoa.

Warom i dia Schbätzla so mega däd?
Ha, weil i Cannstatter ben ond joahres 39,
kurz vorrem Krieag, dord dui Schbätzlespress,
die wo a jede Schwäbin hoad, erfonda worra isch.
Gell, jetzed woisch älles!

A schwäbischs Sonndichessa

Am Sonndich hoad mor Zeid fir a gscheids Essa ond au a bschdemda Erwardung. Lassed eich ned vo eirer Fraua vorzähla, des gäng wegam Kirchgang ned. Des muaß hald gscheid pland sei: Scho währendem Frühstück wernd Äbieara kochd, glei dornoach dr Broad aobroada. Der brutzeld dann gmüadlich während dr`Kirch ond i ben emmr froh, wenn dr Pfarrer au moal mid dem Bredicha widdr uffherd ond ons ned d`Levidda lesa will, d.h. *aus ons Sündr Mönch ond Nonna macha will. Des däd längr ganga, klar! Aber noa gäbs koine handgschabde Spätzla meh, bloß no sodde ausem Spätzlesschwoab.*

Mei Wunschessa

Spätzla handgschabd, sag i eich,
isch halds Beschd em Essbereich.
Ond mid guadem Äbiearasalad
schmeggd des Essa niea ned fad.
Gmüas muaß joa ned emmr gäba
ohne des koa i au läba.
A guadr Broada, des muß sei,
fälld mir ei!
Mei Weib will mir, ihrm guada Alda,
mid Gewald d`Figur erhalda,
deshalb gibds viel z`viel Salad
ond des isch schad!
Lieaber no a roda Wurschd
ond a Vierdele fir dor Durschd
ond dornoach no ois fird Gluschda.
Noa wird's om mi glei duschdr,
ond i hoff, dass noach dem Essa,
i han mein Sofa ned vorgessa.

No nix wegschmeißa!

Schwaben war früher sehr arm, nicht an Kindern, aber an fruchtbarem ‚ebenen Ackerboden, sogar Wiesen für die wenigen Kühe, fehlten. Die armen Kühe waren Zugmaschinen, Milchkühe und Fleischproduzenten. Sie lebten zwischen ihrer schweren Arbeit in dunklen Ställen im Erdgeschoss der Bauerhäuser, litten oft an TBC und waren dabei doch ein Teil der Hausheizung. Starb eine Kuh, kam der Klein-Bauer in größte Not, da er oft nur zwei hatte.
Eine schwäbische Hausfrau musste bhäb wirtschaften, *nix vorkomma lassa, nix vorschludera ond älles, wo mor no braucha koa, uffheba.* Auch Essensreste wurden wiederverwertet:

Aus mindestens einen Tag alten Schalkartoffeln *hoads*
Brägala *gäa.*
Aus dem alda Kartoffelsalat und der Bratensose:
Saure Kartoffelrädla.
Aus den Resten der ganzen Woche:
Goisburger Marsch
Das alte Weißbrot von Sonntag:
Bachene Schnidda
und aus der übrigen Fleischbrühe
ond de Bachene Schnidda:
a Eilag end Supp.

Goisburger Marsch

Oh Oma, i frei mi, s`geid Goisburger Marsch,
weil du moal widdr so gniggerich warsch!
Ofd häd' a weideres Deller au gässa,
doch du moinsch, des wär Vorgeudung gwesa.
Grommbiera vom Medich
send doa zu fenda,
bloß des Floisch isch wenich
ond schwemmd ganz henda.
Bohna vom Deischdich ond au Gelrüaba Stück,
diea ess i gern, des isch mei Glück.
Ond hoasch em Herd a hutzlicha Soida gfonda,
dord küahl uffghoba Dag ond Stonda
noa warsch froh ond hoasch glei glachd
ond aus oiner Wursch zwanzg Rädla gmachd.
Mid oagreschde Zwiebl ond ma greschdada Brod
hoasch du ons gredded aus Hungersnod.
Heud goahds mir joa guad
ond i koa ned klaga,
doch mir machd so an Marsch no heid dr beschd Maga!

p.s. Der Begriff Goisburger Marsch soll von den Stuttgarter Soldaten stammen, die vielleicht auf dem Weg zum Übungsgelände auf dem Wasen von einem Geisburger Wirt mit dem wöchentlichen Allerlei den Speiseresten der Woche verköstigt worden waren.

Wemmr sich bloß vrschdanda däd!
Wo kommed siea denn her?

Herr Triebsand-Wifelmütz ruft bei Fa. Scheifele, Heizung und Sanitär an, seine Heizung funktioniert nicht und es ist in der Wohnung kalt. Das Telefon klingelt, am andren Ende geht geht ran.

T: Nanu, niemand da?
S: *(es klingelt)*
T: Wo stecken die denn?
S: *(es wird abgehoben, niemand meldet sich)*
T: Triebsand-Wifelmütz
S: Doa hen se sich vorwähld, des semmir ned!
T: Triebsand-Wifelmütz
S: Semmir ned!
T: Triebsand – Wifelmütz
S: Joa heidasagg, wiea ofd no. Mir send Firma Scheifele, Hoizunga ondSanidär
T: Warum gehen sie nicht ran?
S: Ben i doch! I schwätz doch scho ewich mid ehne.
T: Sie meldeten sich doch nicht!
S: Hen sie nemme gwissd, wo sie agruafa hend?
T: Schon!
S: Sehed se, noa muaß i doch nix saga! (schneuzt laut)
   So!   Wo brennds!
T: Es brennt eben nichts, die Heizung streikt!
S: Isch dia bei dr Gwerkschafd?
T: Nein, glaube ich nicht. Einfach defekt!
S: So!
T: Können sie mal zu Hause vorbeikommen?
S: Send sie der, wo gerschd scho agruafa hoad?

T: Da stotterten sie noch, meine Heizung.
S: Noa müssed se en Termin mid dr Lokopädin vorschieaba, doa gang i mid unserm Heinerle au emmr noa.
T: *(verzweifelt)* Ach nein, liebe Frau. Nun sagt sie gar nix mehr!
S: Hoad ihr Heizung vorher schwätza kenna?
T: Ach Gott! Nein, nur heizen!
S: Worom saged se dann vorher was vom Schwätza?
T: Das waren doch sie!
S: I werd doch no wissa was i sag! Warded e moal! *(ruft nach hinten)* Karle, komm moal, doa isch oiner, dem sei Heizung nix me sechd!
T: Ach, du lieber Gott.
S: Ond vom liaba Godd schwätzd der au emmr. I glaub s`isch a Pfarrer!
T: Bei Gott, liebe Frau!
S: Was sechsch Karle? Onser Gsell sei gerschd scho dord gwä ond häd gar nix vorschdanda?
T: Oh mein Gott!
S: Der schdöhnd bloß no. Guad! Du kämsch näxd Woch mid ma Dolmetscher vorbei!
T: Bei Gott, und wenn ich vorher erfriere?
S: Noa schwätzed se moal mid ihrer Heizung. Manche kenned nix me saga, aber vorschdanda dean se no lang!

Oifach vorwechseld

A: Hoasch du scho gherd?
B: Was willsch wissa?
A: Ha, ob du scho gherd häbsch?
B: Was du ned wissa willsch?
A: Scheinds hoaschs no ned gherd?
B: Ach so, du moinsch, ob i was gherd häb. Ond I han gmoind du wellsch wissa , ob i scho d`Gass kerd häd? Noi: Kerd han i no ned, ond gherd han i nix! Bei ons em Hochhaus bisch z weid aus dr Weld, doa hersch nix. Ond kera duad dr Hausmoischdr.
A: I han bloß froaga wella, ob du scho gherd hoasch, was d`Leid saged.
B: I sag doch, dass i no nix gherd häb.
A: I sag joa nix,(Pause)
B. Etzed sags hald Mamma!
A: Du muasch vrschdande, wenn i dir saga dua, dass d`Leid moined, s`gherd sich ned, dass dei Freind äwwl bei dir wohna däd.
B: Ach Mamma, erschd froagsch,
ob i scho kerd häd,
noa sag i, dass i no nix gherd häd
ond etzed sechsch, dass sich was ned ghera däd.
Du machsch mi ganz schalu, mid deim Gschwätz.
I sag dir bloß ois:
Kehra dua i nemme,
hera dua i nix
ond was d`Leid schwätzed
isch mir Wurschd!

Hän-di no älle?
Hier gehds ums Handy ond was ausmacha duad

**Oh, jemine oh heidanei
des kommd vom Handy
i sags eich glei!**

Bremsen quietschen.. zu spät.. a donderschlächdichs Schäbbera. ond des bei ons em Flägga!
Dor Karle kriegd mid seim beschda Freind Krach, weil der von henda uff sei heiligs Blechle gfahra isch.

Karle: Koasch ned uffbassa, du Brachdsbachl!
Heinz: Wenn du ned so dagglhafd dei Migge neighaua hädsch..
Karle: Muaß i doch! I koa doch sell Mädle ned überfahra.
Heinz: Wedde?
Karle: Ha dui doa domma!
Heinz: Dui sell mid dem Händy?
Karle: Grad dui! Om diea wärs schad! Ehrlich, doa häd i au bremsd. A hübscha Grodd!
(Oh, des därf mor nemme saga.. Sexismus! Was sechd mor dann... bewundernd?)

Die Einzige, die von allem nichts mitbekommen hat, dui sell mid dem Händy, geht unbeirrt weiter und starrt in leicht gebückter Haltung in ihr Händy, als wäre ein Goldschatz drin verborgen. Sie geht zum Buchgeschäft.

**Oh jemineh, oh heidanei,
des kommd vom Handy,
i sags eich glei!**

Dummerweise geht es vor der Bücherstube a *Schdaffl nuff,*
die a Händyguggr niea em Leba seha duad.
Des schee Mädle hagld nuff, fängd sich, guggd sofort
wieder en ihr Händy,
…mor därf joa koi Sekund offline sei,
und übersieht deshalb den Stützbalken der Pergola.
I gugg zua, …will se warna,
noa hoad se scho ihr Hirn..
pardo ihr Kepfle an selles Holz donderschlächdich noa-
boggld.
Mor hoads deidlich gherd!
I fang se em ledschda Momend uff.. sui fühld sich guad
oa .. ond rieacha duad se…!
(Sexismus oder Nächstenliebe?)
Aber wann kommsch scho an so a Wesa scho so näh noa?
Also i stell diea Reschde wieder uff d`Füaß ond sag:
I däd äba au gugga!
Sie lächelt schon wieder mi oa?.. noi des Händy oa.. und
sagt:
Ich komme gleich zum Orakl.. in den Garten.. Schatz!
Doa koa i ned gmoind sei.
Sie schwebt weiter.
Das Handy schlägt an die Eingangstür des Buchgeschäfts
und fällt ihr beinahe aus der Hand..
Sie säuselt: Lieber entschuldige, das war die Ladentür.
Was ich kaufen möchte?.. Da gibt es ein neues E-Book..
Wie heißt es noch? Ach so: Liebe zwischen Handy und
Ups.. Ich schicks dir gleich.. Oh, au!
Das war die Zwischenwand, denn innen geht es scharf
nach links.
Oh jemine, oh heidanei,
des kommd vom Händy, i sags eich glei!

Neugierig bin ich schon, deshalb folge ich dem Handymädchen, als sie, kurz nachdem sie aus dem Buchgeschäft kommt und vor einen Golf läuft, der die Einfahrt, zum Glück langsam, hoch fährt.
Wars dor Heinz oder dor Karle?
Boide hen en schwarza GTI.
Dor Heinz wars, ...weil sei Karra vorna he isch.
Der brülld: Scho wieder dui sell!
Mach hald deine Glotzbebbl uff!
I lach: Dui guggd scho! Äba bloß virtuell!
Heinz: Dui glotzd der ganz Dag bloß ens Handy!
I moin: Noa machd se scho nix mid Buaba, sechd ihr Muadr.
Heinz: Mei Jonger au! En seim Alder han i zwoi Freindinna ghed.
I sag: Der hoad vielleichd.. saga mor... fenfhonderd.
Dor Heinz guggd mi oa..
I erklär: Virtuell! Follower! Freindina.
Heinz: Ond wiea ...hebd mor diea em Arm?
I moin: Ned, koasch hald a bar Foto oagugga.
Heinz: Ond dr Trieb? I han en seim alder sei Muadr heiern müaßa.
I lach: Koi Gefahr. Middem Trieb bisch alloi!

Oh jemine, oh heidanei,
des kommd von Handy,
isags eich glei!

Das Handymädchen überquert inzwischen unsere Hauptstraße, mit ähnlichen Auswirkungen..
Reifen quietschen, Fahrer schimpfen. Wir hören den Tumult von Ferne.

Und als ich an der Gartenwirtschaft vorbeigehe, sehe ich sie und ihren Freund dort sitzen.
*I denk: Isch des em Heinz na sei Jonger? Schee fir den,
so a hübsche Freundin!
Doch diea gugged sich ned moal oa,
hebed sich ned an de Händ,
knudsched ned,
dean ned moal fuaßla. Noi!
Boide glotzed en ihr Händy ond tipped mid de Fengr.*
Des Mädle: Ach Lieber, was simst du mir da?
Der Junge: Nur eine Antwort auf deine Nachricht. Schreibe mir doch was!
Mädchen: Bin schon dabei. Lieber! Warte!
Junge: Ach Anna, lieb, so lieb!
I sag laud: Mor könnd sich au so was saga!
Beide starren mich an.
Junge: Das wäre aber out, völlig out!
Mädchen: Das ist der Alte, der mich aufffing, vorhin an der Pergola.
Junge: Grapscher!
Da gehe ich weiter und höre noch:
Mädchen: Ich muss weiter. Simsen wir uns heute Nacht wieder?
Junge: Klar! Das ist so schön, im warmen Bett liegen und dir zu simsen!
Mädchen: Kuschelig! Stell dir vor, meine Mutter erzählte mir mal, dass sie mit meinem Vater immer im kalten Auto geknutscht hätte. Da kommt ja keine Stimmung auf!

**Oh jemine, oh heidanei,
des kommd vom Händy,
i sags eich glei.**

Letzthin las ich in der Zeitung, dass wir Deutschen
aussterben.
Warum?
Wir hätten zu wenig Kinder.
Oh!
Hen ses?
Was?
Virtuell goahd des hald ned!
Des isch des Problem!
Äba!
Wissed se was diea Lösung wär?
Ned?
Aber i!
Oimoal pro Woch en totala Netzausfall. So en Brakedow
Koi Computer duad meh, koi Tablet, koi Handy.
Noa schlägd vielleichd d Natur wieder durch ond a bissle
Trieb däd au ned schada.
Mor däd vielleichd so a gedämpfds Lichd em
Schloafzemmr amacha ond sich wieder echd oagugga.
Sie: Du siehst ganz anders aus, als ich dachte!
Er: Ond du erst, gar ned so flach wie auf dem Bildschirm.
Sie: Was machen mir jetzd?
Er: Ich hörte mal. da gäbe es etwas!?... (kommt näher)
Sie: Oh, oooooh. Du hasth rechd, oh, komm noch näher!
Er: Mein Handy meldet sich, wenns Netz wieder da ist.
Sie: Lass doch das Handy und komm zu mir! Meines ist
abgeschaldet. Wir sind offline. Heute bleiben wir lieber
naturline.

Oh jemine, oh heidanei,
doa hilfd koi Händy,
des muaß sei!

Zum guten Schluss ein Tipp:
Die Jugend sollte sich damit beeilen, denn, wie ich höre,
würde zur Zeit die virtuelle Brille entwickelt, dann würden
auch die natürlichen optischen Reize entfallen
und obs dann noch etwas wird?

Völlig „aus dr Weld"!
Handy verschließt die Ohren
und virtuelle Brille die Augen.

Onser Freibad, mei Sommerheimed
A **Schwemmzug**

I ben joa a schafficher Moa, grad wiea mir Schwoaba äba send, das heißt, man nimmt sich eine Arbeit vor *ond führd dui midera Deifeslquald durch, doa gibds faschd nix.* Fascht! Wenn einem aber die Hitze so zu schaffen macht, dass sogar meine hübsche Nachbarin sagt: Sie transpirieren ja kräftig, lieber Herr Oechsle! Und ich antworte: *Des wär ned des Problem, wenn i ned so schwitza däd, dass mir diea Brüah end Schuah nei laufa duad.* Dann gebe ich doch den Lockungen meines *Weibs* nach und begleite sie schon am frühen Morgen in unser Schwimmbad. Dort übernehme ich die wichtige Aufgabe quasi als Wellenbrecher des *Schwemmzugs* vor ihr her zu schwimmen, weil *se nix seha duad. Noi, blend isch se ned, sui schwemmd uffem Buggl,* also rückwärts *ond doa siehd neamerd nix.* Ich bin das Auge des *Schwemmzugs* und muss darauf achten, dass *se ned midra andra* Rückenschwimmerin *zemaboggld, des hersch sorschd richdich kracha.* Diese Arbeit nehme ich ernst, *i muaß se au luxiera, damid se oabschaded hoim zum Kocha kommd, sorschd geids nix.* Allein die Anpassung unserer verschiedenen Geschwindigkeiten ist eine Aufgabe. *I ben joa wohl mid meine Joahr dor Langsamschde von de Bruschdschwemmr,* aber viel zu schnell, weil *mei Frau diea langsamschd von de Rüggaschwemmr isch, So vorliera mir ons manchmoal,* und die anderen Schwimmer machen mich lachend darauf aufmerksam, dass *i mei Oahängerle vorlora han.* Langsam denke ich darüber nach, einen Rückspiegel für Rückenschwimmer zu erfinden. *I ben a Difdele,* ein Erfinder, *mir wird scho no was eifalla!*

So a hoißer Sommrdag,
isch fir manchen eine Plag.
Dor Schwoiß druggds mir aus älle Pora
ond i han mir gschwora,
heid schaff i nemme viel
ond am Ende isch mei Ziel:
Onser Freibad

Schwemma, pfludra ond au spritza
en dr greischda Sommrshitza
gibds für mi oi Ziel em Ord
fir den scheena Sommersport.
Doa bloß koasch de guad erfrischa,
doa koasch mi dornoach erwischa,
wiea i nach dor Sommerhitz
onderm Schirm mid Freinde sitz.
Noa wird glachd ond diskutierd
ond a Schorle weiß probierd.
Gugg moal naus von der Terass
übern großa Badespaß,
siesch noa en der Ferne glei;
Des muaß onser Lichdaberg sei.
So schee ischs bei ons daheim
ond der Stammdisch stemmd mid ein:
Fir Sommerurlaub ischs Bad dui Stell,
doa sidsch au glei an dr Quell.
Ond sparsch dorzua no ganz schee Geld,
was bei Bhäbe bsonders zähld.

p.s. Wissed Se, was bled isch? Wenn mi die Freind froagad: Worom pressiersch en derra Hitz so hoim?
I muaß zur Besprechung vom Christbaummakt, des häddad ihr ned denkd, odr?

So schee isch Prevorst em Werdr

Oberstenfeld hat eben zwei Seiten:
Onda ond oba ond
en Prevorst ist immer was los.

Em Sommer:
Soifakutscharenna

Opa bau mir au a Kischd
sechd mei Enkel,
der sechs isch.
Mit der kennd i en der Hitza
en Pevorschd durch di Hohlgass flitza,
dass des Reifle bloß so pfeifd,
wenns am Gullideckl streifd.
Rennfahrer däd i ganz gern werda,
denn des wär mei Glück uff Erda.
Ben i jetzd no klei,
däd i als Sieger größer sei!
Woisch als Moa doa will i sitza
dann em Daimler ond kennd flitza
überall uff dor ganza Weld
ond au no en Haufa Geld.
Wenn du willsch komschd dann mid mir,
so als Dank, des sag i dir,
weil eba diese Seifakischd
dor Afang meiner Siege ischd.

Em Wendr:
Christbaummarkd

En dr Wenderzeid,
wenns Feschd ned weid,
hen Schwoaba bloß oi Ziel
ond des send wirklich viel,
ganz nuff uff dr Schwäbisch Wald,
wo d`Wendr no send kald,
wo des beim Chrisdboom fenda
friera duad von henda.
Frierds di and Noasa glei,
schütt' dir en Glühwei nei!
Noa wird's en Prevorst schee
ond koiner will glei geh,
denn irgendwo zwischa dene
Christboomschbitza
däd des kloine Chrischdkendle sitza
ond warda middam Nikolaus,
bis es koa en jedes Haus.
Ond viele Bsuacher, groß ond klei,
wissed,
ohne den Markd koa Weihnachda ned sei.

Bis bald!
Mir sehe uns en dr alda Schual en Pevorst.

Ond Gemeinderat war i au. Doa koa mor au was erleba!

Vom Saga ond Schweiga
Schon in diesem örtlichen Cremium beginnt das Politikerleben

Aber s`gibd scho no en Ondrschied:
Diea oba beherrsched die Kunschd.
mid ganz viel Wörder meglischd nix zu saga.
Da sind wir Gemeinderäte anders.
Manche sagen zu viel, *andre nia nix*
ond andre schweiged, grad wiea dr Scheifeles Fritz.
Bürgermeister: So Herr Scheufele, nun würde ich gerne von ihnen als erfahrener Gemeinderat zu dieser Sache ihre Meinung hören.
Lange hört man nichts. Erst als dessen Nachbar ihn *dor Scheifeles Fritz oaboxd sagt der:*
Herr Birgermeischdr, liebe Kollega!
Nun denkt jeder dass eine wichtige Rede folgt.
Peifadeggl!
Zu derra Sach, sechdr, sag i nix!
Ond so viel wird mor au no saga dirfa!

D`Noachsitzung

Stondalang wird debadierd,
d`Göschla laufed wiea geschmierd
bloß diea Baura, diea hens schwer,
d`Lieder hebd se kaum mehr.
D`Auga falled ehne zua.
En dr Wärm fended se a Ruah.
No a gotzga Abstimmong,
noa isch au der Oabend romm.
Em Guschd sei Hand war hald z`späd oba,
deshald dean ehn älle loba,
völlig selbschdlos sei er hald,
doch er denkd: A bissle z`ald.

Erschd diea wichdich Noachsitzong
machd dann älle wieder jong.
Hier wird s`Neischde glei no klärt
ond wer sich darüber beschwert,
muaß en Hirsch hald au no mid.
D`Noachsitzung isch a alde Sidd.
Selbschd die boide, wo hen Streid,
weil Daggl gäng em Kurt hald z`weid,
hogged zamma, dean s` Gläsle schwenga
ond zur Versehnung aen Schobba drenga.
So isch äba diea Noachsitzung grad,
dor wichdichsch Doil vom Gemeinderad.
Prost!

Hanns Oechsle fürs Schwäbische ondrwegs:
Joa, wo semmr denn?
Eigentlich ist es erschreckend, wie schnell unser Schwäbisch untergeht:

Goahsch bei ons moal durchs Dorf, triffsch a jonga Frau ond bisch sicher, des isch a Schwäbin. Noa sag i:
Grüaß Gott!
Ond die sell:
Guten Tag!
Auch, wenn diese Worte *gschdelzd,* weil sie nicht in den schwäbischen Mund passen, herauskommen.
Mor mechd doch was bessers sei!

Viel mit Mundart abends unterwegs, suche ich manchmal den Ort, wo ich auftreten muss. Endlich finde ich im Scheinwerferlicht jemand, den ich fragen kann:
Die erste Person *war a Frau ond isch dovogrennd.*
Die zweite war zum Glück ein Mann.
Kenned sie mir saga, wo dr Hasa isch?
Nein, Tsuldigung nix deutsch, antwortet er freundlich. Gugg, da Licht! Da Sportplatz. Trainer kann deitsch!
Siea lached?
Aber ich könnte dies auf türkisch nicht sagen.

En Schduagerd

Öffne mal die Ohren auf der Stuttgarter Königstraße.
Zerschd denksch: Ben i en Italien?
Zehn Meter weiter:
Noi ehnder en dr Türkei!
An der nächsten Ecke:
Odr gar en Japan!
Russland... Amerika... Hannover
Bloß koi Schwäbisch hörsch en onsrer oigana Hauptstad.

Worom wird's Schwäbische Schwätza seldener?

S*ell isch ons klar, lacht a Landfrau aus..., mir gean gern oimoal em Moned ge schwanza, onsere Jonge saged* zum „Schopen" *ens Städtle.*
Meistens würden sie wegen des Staus mit dem Zug fahren.
Wissed se als Gruppe isch des billich, ond mir send doch au bhäb. Ond wem mir en Cannstatt vorbei kommed, noa mached mir aus:
Gell, wenn mir aussteiga dean, schwätzed mir nemme so schwäbisch, sonsch merged diea, wo mir herkomma dean.

Selbst in der Familie bei den Enkeln *ischs Schwäbisch* verloren. Manchmal bleiben sie für ein paar Tage hier.
Noch am ersten Tag fragt der Jüngste:
Sag mal, Opa, warum spricht die Oma so komisch?
Ach Oscar, sage ich, *Oma schwätzd ned komisch,*
die spricht doch *schwäbisch.*

Zugegeben intensivieren wir in diesen wenigen Tagen unser Schwäbisch, um den Enkeln, die es ins Bayrische verschlagen hat und die in der Schule die Bayernhymne lernen müssen, wieder Schwäbisch zu lernen.

Tip:
*Niea ned scheniera
ond emmr, wenn Schwoaba zamma send
oifach schwätza,
damids ned onderganga duad!*

Bei ons bassierd

Au bei ons gibds sodde. Wedde?
Ha äba sodde, wo moined siea kended andre übers Ohr haua.
Siea wäred gscheiders wiea d`Polizei erlaubd.
Bis se uffflieaged, weil onser Polizei au ned grad bled isch.
Ond no moined se no, siea kennded derra dovofahra.

Plötzlich *am hella Dag* d`Polizeisirena. Ein Auto mit quietschenden Reifen vorneweg, *grad bis anra Engschdell nemme weiderganga duad.* Der Verfolgte läßt sein Auto stehen und rennt *des Biggele zur Kirch nuff. Grad wiea dem des was brenga däd.*
Die Polizei, *wiea mor siehd au a bissle besser beinandr ond au durch ihr Montur a bissle gebremst, schnaufd hendrher, häddn aber wohl ned kriegd,* wär doa ned grad dr Bägger mid ma Breddle voll Brodloib dord oba gschdanda.
Der stellt sein Brett ab und stellt dafür dem Kerle en Fuaß.
Der flüchtende Täter *hageld noa ond dr Bägger koa ehn beim Schlawiddich packa ond feschdhalda.*

In dem Moment ist die Polizei auch schon da und sucht. *Doa hennr den Kerle, sechd der Bägger* und gibt seinen Fang ab. Der Polizist übernimmt ihn, ohne ein Wort des Dankes zu sagen und führt ihn ab. *Des Odankbare wurmd den Fänger am meischda.* Dann geht er in seine Bäckerei und trägt das nächste Brett hinaus. Inzwischen wurde der Gefangene auf den Rücksitz des Polizeiautos verbracht und verhört.

Offensichtlich aber war die „Kindersicherung" nicht eingeschaltet, denn deshalb konnte der Verfolgte gleich wieder auf der anderen Seite hinaus und flüchten.

Ogschiggderweis saud er dann des selle Büggele wieder nuff. Der Bäcker mit seiner Erfahrung holt ihn mit einem Brett *von de Füaß ond paggd ehn glei wieder.*

Der Polizist kommt auch angeschnauft, erhält ihn aber nicht gleich.

„Wiea sechd mor?" fragt der Bäcker.

„Vielen Dank!" brummt nun der Polizist und will gehen.

„Ois isch klar, ihr missed ehn etzed selber feschdhalda, denn glei han i Middag ond nommoal fang i den ned!"

Wirsch langsam ald?
Wie sagte meine wegen ihrer Fröhlichkeit im hohen Alter
von mir und anderen so bewundernswerte Mutter:
Oifach ned droa denka!
S´Leba goahd wieder! Doa muasch durch!
Geniese die **Opazeid,** sie ist schön und viel zu kurz!
Manche wollen möglichst lange nicht Opa genannt
werden. Sie trauern der Jugend nach und versuchen, so
lange es geht, ihr Alter zu verschleiern.
Des isch domm, denn irgendwann wachsch uff ond
merksch, du hoasch die Enkel vorsäumd.

Opafreuden
Hen ihr mei Enkelkend scho gsäh,
des kloine, luschdiche mid zwoi Zäh?
Gugg, wiea dord däbbld, koa kaum sprenga,
ond glei dauds danza, dua i bloß senga.
Dann nemmds sei Händla uff dor Rücka,
oi Hand duad dia andre drücka.
Noa drehds sich so lang romm em Kreis
bis se nemme henda ond vorna weiß.
Bieagd sich uffd Seid ond stoahd ganz kromm,
ond heb i se ned, noa fälld se om.

Ond duad se Häsle hüpf macha,
bleibd se am Boda. I muaß lacha.
Grad des gfälld derra, des merksch glei.
Noa machd se weider mid Blödelei:
Duad sich hendrem Sofa vorstegga,
machd guggug ond dada an älle Ecka.
Ond isch se müad, suachd ses Düachle bloß
ond legd ihr Kepfle en mei Schoß.
En soma Momend, des sag i glei,
gibts nix scheeners wia Opa sei.

S´Leba goahd weider, so muaß sei.

Wie froh sind die jungen Eltern über kinderfreie Tage!
Dafür ändert sich bei uns das geruhsame Leben durch:
So en Kender-Wecker am Sonntagmorgen, *halber Achde.*
Wir liegen noch richtig gut, quasi im Halbschlaf im Bett,
die Sonne scheint durch die Ritzen des Rollladens. *Älles
so richdich schee!!!* Ich bin noch etwas *eigsirmeld* und
träume, dass ich im Allgäu auf einer Frühlingswiese liegen
würde, zwischen blühenden Blumen un Bäumen.
In der Ferne sieht man verschneite Alpengipfel.
Eine Biene umschwirrt mich im tadellosen Vorbeiflug,
ohne zu stechen. Da denke ich schwäbisch:
Doa ischs schee, Hanns, doa bleibsch!
Doch es kann der F.. nicht in Frieden ruhn, wenn...
Denn da weckt mich jemand jäh und *stupfd mi ganz
obarmherzich* und meint:
Komm Hanns, mir schdanded uff!
Dafür denke ich gibt es am frühen Sonntagmorgen keinen
triftigen Grund. Oder doch?
Komm uffgschdanda, noa hend mir en Vorlauf!
Das muss meine Frau sein, die mich da in dem schönsten
Traum wecken möchte.
I dräum grad so schee. I bleib heid liega!
Natürlich gibt dieses ungewohnte Verhalten nur Ärger und
meine Gattin sinnt auf Rache. Dann es kommt der ganze
Ablauf des Vormittags durcheinander.
Doch ich bin längst wieder eigniggd und träume vom
Frühling auf der wunderbaren Matte mit Gebirgsblick.

Wieder denke ich und natürlich schwäbisch:
Doa ischs schee, Hanns, doa bleibsch!
Doch pletzlich schdenkds!

Ich wache etwas auf und denke:
Des isch normal em Allgei, doa hoads viel Küah!
Ich schlafe ganz kurz wieder ei. Doch:
Joa heidanei! Doa schdenkds joa saumäßich!
Trotzdem gleite ich noch einmal weg, bis mir irgend jemand die Nase zudrückd.
Wer koa doa no weiderschlofa?

Dor Wecker

Sonndichmorga,
frei von Sorga,
dor Wecker au moal endlich leis.
Nix los, i dreh mi om ond weiß:
Heid läsch des Früahstück oifach platza
ond stoahsch erschd uff, wenns glei gibd Schbatza.
Doch wiea du bisch em schenschda Draum,
doa merksch a Streichla, spürsch des kaum.
Des koa doch ned dei Weible sei,
denn derra ihre Händ send nemme so fei!
Noa koasch uff oimoal nemme schnaufa,
weil irgend äbbr duad en die Noas nei knaufa.
Noa dreschd de hald romm,
krieagsch en ganz nassa Schmatz,
denn vorrem Bed stoahd so a ganz kloiner Schatz.
dei Enkelkend, grad wiea des Bed so groß.
Middra ganz schwera Wendl en dr Hos.
Ond der Draumgeruch
von Urlaub, Küah ond Mischd,
ganz woandersch herkomma ischd.

Vom Äldrwerda

Erfreulich lange bemerkte ich kaum etwas davon
und hoffte schon, der Kelch würde an mir vorüber gehen.
Bis dia Zwilling beddld hend:
Opa, fragt Elena, *d`Rosa had gsagd,*
dass du so prima Pferdle schbiela dädsch.
Rosa, unsere Rosa hatte Jahre lang, v*om Baby oa bis zom*
Kendrgarda, viel Zeit bei uns verbracht.
Stimmt, da spielten wir oft Pferd, sie saß auf meinem
Rücken und *i ben em Krois romm knuild,* bis das Pferd in
den Stall musste, *noachra Vierdlschdond.*
Doa war sells Pferd, also ich, wirklich dankbar.
Bei Zwillingen wird die Belastung des Pferdes stärker,
denn wenn oi Reidr müad isch, isch dor andr mondr.
So geht das „Ausreiten" länger
ond wiea i mi wiedr en en Mensch vorwandla därf,
merk i, dass i nemme hochkomma dua.
Sie schlagen vor dieses Spiel zu lassen.
Bei dene Enkl goad des ned so leichd ond s`wär ogrechd.
Ich habe nur den Stall, das Ende der Runde,
an das Klavier verlegt.
An dem koa i mi am End hochziega, weils so fesch stoahd.

Seit Jahren hat man darauf gewartet. Endlich keinen Ärger mehr in der Arbeit und viel, viel mehr Zeit.
Des mid dor viela Zeid war a falscha Eischätzung.
Zeid isch emmr no rar!

Ond tagtäglich nemmsch dor vor, älles anderschd zu macha:

Mor sodd!

M`r sodd ganga!
M`r sodd gugga!
M`r sodd schaffa!
M`r sodd helfa!
M`r sodd kehra!
M´r sodd butza!
M`r sodd!
M`r sodd!
M`r sodd!
M`r däds joa,
wemm`r wissa däd,
wer dr M`r isch,
der des älles will.
Weil mir aber ned wissa dean,
wer des will,
wer dr M`r isch,
sag i eich:
M`r sodd me gruaba,
m´r sodd me städ doa.
Schnell send dei Däg romm
ond du hoasch äwwl gsodd
ond niea gwelld!

Auch ein Traum
Ond s` End isch dor A`fang

Em Wendr, wenn uff Dannaschbitza
em Wald dean helle Lichdla blitza.
Wenn rengsom d`Weld isch dieaf vorschneid,
noa isch des Chrischdkend nemme weid.

Die Eltern jaged wild omher,
dr Kauf von de Gschenk, des fälld`n schwer.
Ond des Kend warded ganz bang:
Worom ischs bis Chrischddag no so lang?
Vielleichd hoad ons s`Chrischdkend vorgessa,
oder ben i zu bös gwesa?
Omas Guadsla vorsüaßed die Zeid,
des war bei ons scho, wiea heid.

Endlich ischs Warda au vorbei.
A Glöckle loggd end Schduba nei.
Diea helle Kerzla an dem Baum,
diea Gschenk drondr,
Weihnachdstraum,
a Lichd em dieafschda Wendr
brengd Hoffnung
für Alde ond Kendr!

Ond dor Opa woiß, des isch koi End,
weil onderm Schnee bald Bleamla send
ond guggd uffd Enkelkender.
Des wärmd em käldschda Wendr.

Geschenkidee

Bücher von Hanns-Otto Oechsle, bisher erschienen:
Verlag der Bücherstube Oberstenfeld

Kinderbuch um eine Unsichtbarkeitsmaschine ab 8 Jahre
Wo ist Jonas?   9,80 €

Schwäbische Mundartreihe:
Mir send eba mir   12,80 €   ISBN 3-9805485-1-1
Halba denkd (wenige)   12,80 €   ISBN 3-9805485-5-4
Komm, gang mor weg!   12,80 €   ISBN 3-9805485-6-2
Oms omgugga (wenige)   12,80 €   ISBN 3-9805485-7-1

Es gab einmal:
Wenn`s Wendor wird   (vergriffen)
Warom d`Gosch vorbiaga   (vergriffen)
So isch's bei ons   (vergriffen)
Noa hoasch guad lacha   (vergriffen)
Noa hasch guad lacha 11 €   (vergriffen)
Ja, wo semmr denn?   11 €   (vergriffen)
Bei ons dohoim   11 €   (vergriffen)

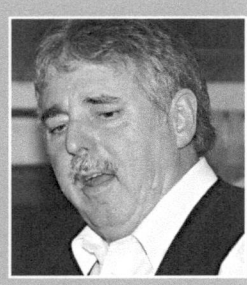

Das Buch zur Zeitungskolumne:
Schwäbisches von A-Z 9,90 € ISBN 13: 978-3-9805485-8-8

Historische Erzählung: Geschichte aus dem Bottwartal
Schattenlicht   10,90 €   ISBN 978-3-7322-8978-3
Matern Feuerbachers abenteuerliches Leben im Bauernkrieg 1525
Verlag:BoD

2. Kinderbuch
Unser Freund Strolch
ein Hundekrimi für Kinder ab 8 Jahren
erscheint 2016

Dr Endamörder onderm Lichdaberg

*ond weidr wünsch i eahne
a guada Fahrd durchs' Leaba*

Ihr Hanns-Otto Oechsle

Denk Droa, wo herkommsch!

*Dua doch ned
dei Gosch vorbiaga,
schwätz' liabr schwäbisch!*

*Älles Guade
Hanns-Otto Oechsle
Oberstenfeld 2016*